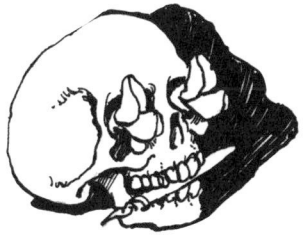

FINSTERER GINSTER –
10 LOKALKRIMIS AUS BRAMFELD

Bramfelder Kulturladen e.V. (Hrsg.)

KULTUR IN BRAMFELD

© 2012 Bramfelder Kulturladen e.V., Hamburg

Satz & Gestaltung: Barbara Schubert, einfachschoen-design.de
Illustration: Oliver Regener, oliverregener.de
Lektorat (Blutroter Sonnenuntergang): Gunter Gerlach
Lektorat (alle anderen): Corinna Luerweg
Projektleitung: Britta Sominka & Katja Jacobsen

Verlag: tredition GmbH, Hamburg
ISBN: 987-3-8491-2078-8
Printed in Germany

Inhalt

Die Mörder kommen aus anderen Stadtteilen
Vorwort

Ist der Hamburger Stadtteil Bramfeld interessant genug, um als Schauplatz für einen Krimi herzuhalten? Und gibt es genügend motivierte Schreibwütige, die sich zutrauen einen spannenden Text zu verfassen? Das waren meine größten Sorgen, nachdem meine Kollegin Katja Jacobsen und ich beschlossen hatten, zum 30 jährigen Jubiläum des Bramfelder Kulturladen e.V. den Lokalkrimi-Wettbewerb »Finsterer Ginster« zu initiieren. Was dann passierte hat uns positiv überrascht. Die ersten Texte wurden schon zwei Monate vor dem Abgabeschluss eingesandt. Wir bekamen Fotos von Tatorten, historische Zeitungsartikel und Geschichten, die wirklich passiert sind. Eine Einsendung wurde aus Oregon /USA geschickt, eine aus Berlin – die meisten der 26 Texte kamen aber doch aus Bramfeld und Umgebung.

Umso schwieriger war es für die Jurymitglieder Gunter Gerlach (Krimiautor), Britta Burmeister (Bramfelderin), Markus Wiegandt (Polizeibeamter) und Enno Tiaden (Buchhändler) eine Auswahl für das Buch und die drei Siegertexte vorzunehmen.

»Dass es in Bramfeld viele begeisterte Krimi-Leser/-innen gibt, sehe ich ja jeden Tag in unserer Buchhandlung. Trotzdem hatte ich nicht mit einer solchen Fülle origineller Beiträge gerechnet. Das Lesen hat mir viel Spaß gemacht!« sagt Enno Tiaden über den Wettbewerb.

Markus Wiegandt, der Polizeibeamte fand: *»Da wurde ja was Gutes zu Papier gebracht; zwischen den Zeilen die Liebe zum Stadtteil, in den Zeilen Erschauderndes. Aber liebe Bramfelder: Ich hoffe alles entsprach der Phantasie und Sie waren nicht die Täter!«*

Nein, die Täter kommen nicht aus Bramfeld, wie Gunter Gerlach feststellt: *»Was ist ein Bramfeld-Krimi? Ich weiß es jetzt genau: Die Mörder kommen aus anderen Stadtteilen. Bramfeld ist friedlich und voller Krimi-Autorinnen und-Autoren. Beneidenswert!«*

Einzig die Bramfelderin Britta Burmeister geht seit dem Krimiwettbewerb mit einer neuen Vorsicht durch Ihren Stadtteil *»Als ich kürzlich von der Bramfelder Chaussee am Dorfgraben entlang zur Fabriciusstraße gehen wollte, stand ich vor einem rot-weißen Absperrband. Ich dachte sofort: Oh Gott, ein Tatort! Jetzt bloß keinen Knopf verlieren! Meinen Spaziergang habe ich dann lieber am Appelhoffweiher gemacht. Am Bramfelder See wird mir neuerdings zu viel gemordet. Wer hätte gedacht, dass Ginster so finster sein kann?«*

Ja, die Tatorte sind zahlreich in Bramfeld, besonders beliebt der große und kleine Bramfelder See, die Bramfelder Chaussee und die Hohnerkampsiedlung.

Die Jury hat die Texte dann nach den Kriterien Schreibstil, Originalität und Spannung der Geschichte und Bramfeldbezug beurteilt. Das Ergebnis halten Sie in Ihren Händen.

Also, lesen sie selbst. Von ermittelnden Friseurinnen, jungen Leuten aus dem 19. Jahrhundert, von mordenden Muttersöhnchen, zur Selbstjustiz greifenden Kneipenwirten und einem Mordkomplott, der erst in der Zukunft im Bramfeld 2019 aufgeklärt werden wird.

Ich habe alle Texte mit viel Freude und Spannung gelesen und hoffe, dass auch Sie, egal ob Bramfelder/in oder nicht, genauso viel Vergnügen und wohliges Schaudern beim Lesen empfinden.

Britta Sominka
Bramfeld im November 2012

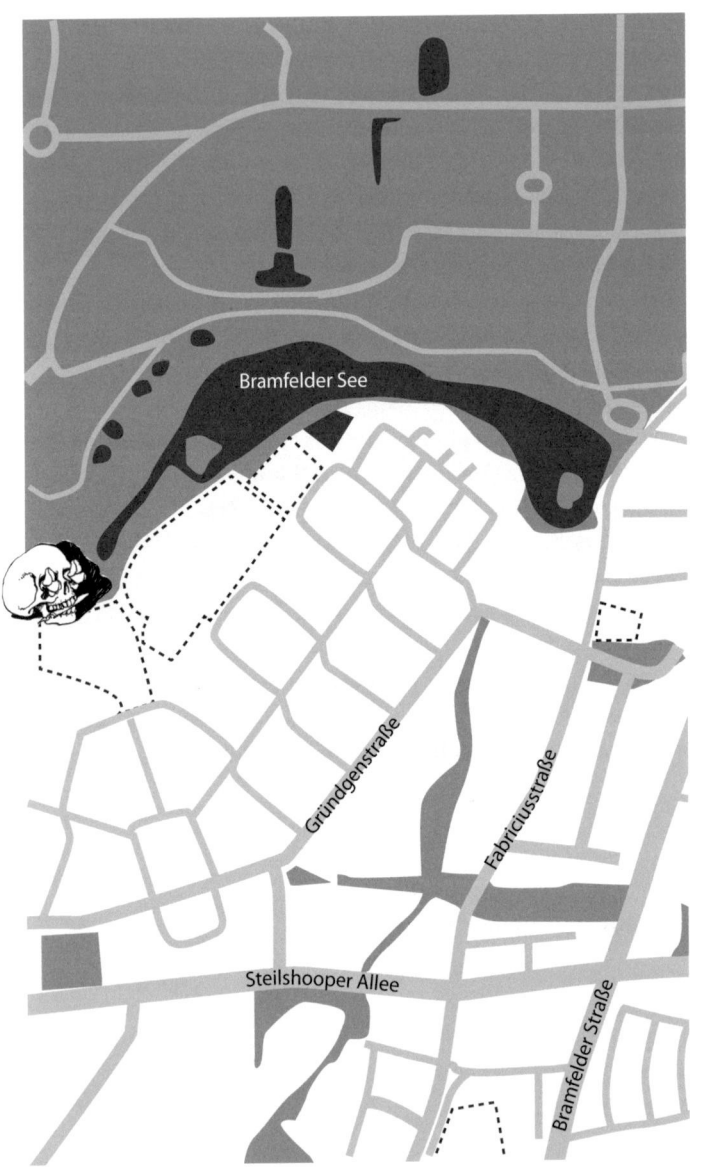

Bramfelder See

Gründgenstraße

Fabriciusstraße

Steilshooper Allee

Bramfelder Straße

Blutroter Sonnenuntergang
Hannelore Zuschlag

Tine kam in ihrem weißen Seidenblouson aus dem Einkaufs-
zentrum. Sie hatte ziemlich lange vergeblich nach einem neuen
Pullover gesucht. Die Sonne stand schon tief am Himmel. Scha-
de, dachte sie, ich habe den schönen Nachmittag vertrödelt. In
einer spontanen Eingebung bog sie mit ihrem Fahrrad von der
Bramfelder Chaussee in den Seekamp ab bis zur Fabriciusstraße
und querte zum Bramfelder See.

Schon kündigte die Abendkühle den nahenden Herbst an. Sie
fröstelte ein wenig in ihrer weißen Seidenjacke über dem leichten Sommerpulli und trat kräftiger in die Pedale.

Wenige letzte Spaziergänger strebten nach Hause. Ein selt-
samer Typ stand an der Seitenwand des seit Jahren verfallenen
Toilettenhäuschens und guckte über die Schulter zu ihr hinüber.
Sie musste lachen: Männer hatten es einfacher, eine Hauswand,
ein Baum bot ihnen genug Schutz, während Frauen sich durch
das dichte Gebüsch quälen mussten, wenn sie nicht die Toilet-
ten im »Seehof« aufsuchen wollten, was meist noch die Bestel-
lung eines Kaffees kostete. Tine bemerkte nicht, dass der Mann
ihr noch lange nachblickte.

Der schmale Weg am Ufer des Bramfelder Sees lag bereits im
tiefen Schatten der Bäume, hinter deren Ästen und Zweigen die
untergehende Sonne den Himmel orangerot zu färben begann.
Sie wollte noch zur Bank an der Biegung des Weges mit dem
freien Ausblick auf das gegenüberliegende Steilshooper Ufer.

Dort saß eine Gestalt – Schirmmütze und dunkle Lederjacke,
war es eine Frau oder ein Mann? Das daneben abgestellte Fahrrad war ein Damenrad. Tine ging langsam, ihr Rad an der Hand
führend, um die Bank herum und musterte verstohlen die Gestalt – es war eine Frau. Sie setzte sich still auf das andere Ende

der Bank, die Frau blieb regungslos in sich versunken. Die Sonne war nun ganz untergegangen. Ihre erlöschende Glut breitete sich auf dem Himmel aus und spiegelte sich im perlmutt schimmernden Wasser.

Tine löste sich nur langsam von diesem faszinierenden Farbenspiel. Die Einsamkeit drang in ihr Bewusstsein, die sie und diese schweigende Frau umgab. Eine unbestimmbare Angst stieg in ihr hoch. Leise stand Tine auf, schwang sich auf ihr Rad und fuhr in der Dämmerung immer schneller und schneller den Weg zurück in die Nähe der Straßen. Erst kurz vor dem Ende des Sees, wo sich der Weg zum Rondeel der Wiese und der Straßenkreuzung hin weitet, wurde es heller: Das letzte Licht der untergegangenen Sonne erreichte noch die Wipfel der Bäume und ließ das herbstlich gefärbte Laub blassgolden leuchten, während gleichzeitig der Mond schon silbrig am Himmel stand und die Landschaft in das Zwielicht eines Traums verwandelte.

Tine machte noch einmal Halt, lehnte ihr Fahrrad an das Geländer, das den See abschloss. Hier war der Ausblick noch schöner. An beiden Seiten des Ufers hoben sich die schwarzen Silhouetten der Bäume wie ein Scherenschnitt gegen das Blutrot des Himmels ab, das spiegelnd den See zu füllen schien.

Mit leisem Klicken wurde ein Fahrrad gegen das Geländer gestellt, die fremde Frau war herangekommen. «Ein herrlicher Sonnenuntergang!», sagte sie.

«Wirklich wunderschön", antwortete Tine, «aber wenn man das fotografieren würde, sähe es wahrscheinlich kitschig aus." Eine Weile genossen beide schweigend diesen Anblick in stiller Übereinkunft. Der Himmel färbte sich in immer neuen Schattierungen, es wurde dunkler und kühler. Tine fror. «Es ist Zeit, nach Hause zu fahren, so allein hier ist es unheimlich", bemerkte sie.

«Ja", sagte die Frau, «hier sind auch schon viele ermordet worden."

«Viele? Zwei, soviel ich weiß, vor einigen Jahren eine Krankenschwester, sogar am hellen Nachmittag und voriges Jahr soll ein Jogger eine Leiche im See gefunden haben. Deshalb jogge ich auch nie so früh am Morgen, um keine Leiche zu finden", lachte sie.

Die Frau widersprach: «Nein, es waren schon mehr – erstochen alle – und immer waren sie weiß gekleidet wie Sie."

Hatte Tine bislang das nicht endende Farbenspiel über dem See beobachtet, sah sie jetzt die Frau zum ersten Mal richtig an. Sie war noch jung, aber das Alter hätte sie nicht schätzen kön-nen. Ein unbestimmbarer Ausdruck lag in ihrem Gesicht, das sie an etwas erinnerte ... dieses Gesicht ... der Film, wie hieß er noch: Jung, ledig, ... – ein Grauen überlief sie, die Ähnlichkeit war frappierend. Unsinn, dachte sie, deine Fantasie geht wieder mit dir durch.

«Er lauerte hier im Gebüsch und hat sie dann verfolgt – mit dem Messer ...", flüsterte die Fremde. «Woher wissen Sie das so genau?", fragte Tine und erschrak über das Glitzern, das in den Augen der jungen Frau aufzublitzen schien. Ein Geräusch veranlasste Tine, sich umzudrehen, hatten da Schritte auf dem Kies geknirscht? Ihr Blick forschte in die Dunkelheit, aber sie konnte niemand entdecken, vielleicht eine Katze oder eine Rat-te? Alles war ruhig. Sie spürte, wie die Kälte an ihr hochkroch. «Ich bin schon zu Eis gefroren", sagte sie, doch die andere schien angespannt nachzudenken. Tine bückte sich, um den Dynamo an ihrem Rad anzuschalten. Gerade als sie wieder hochblickte, um sich zu verabschieden, machte die junge Frau einen hasti-gen Schritt auf sie zu und zischte leise: «Ihre Jacke ... ausziehen, schnell!"

Tine sah ausgestreckte Arme auf sich zukommen, ein verzerr-tes Gesicht. Blitzschnell spurtete sie los, um die Kurve, zum Weg am See entlang. Erst als sie ihr Herz klopfen hörte, wurde ihr die Angst bewusst. Automatisch hatte sie ihre tägliche Laufstrecke eingeschlagen. Warum war sie nicht zur Straße und zum »Seehof« gerannt? Wie lange würde sie dieses Tempo durchhalten können? Wie schnell würde die Verfolgerin sein? Denn, dass sie verfolgt würde, daran hatte sie keinen Zweifel. Wie gut, dass sie zum Einkaufsbummel ihre alten Laufschuhe angezogen hatte. Sie war eine gute Läuferin, bestimmt würde sie die Verfolgerin abhängen.

Die Bank, auf der sie vorhin gesessen hatte – jetzt wird der anderen bald die Luft ausgehen! Um den See drei Kilometer und bis nach Hause sechs, wenn sie vorher nicht an ihr Rad käme... Das Rad –wenn die andere mit dem Rad fuhr! Dann wäre es besser, durch das Unterholz zu laufen, dort kam man mit dem Rad nicht durch.

Da hörte sie hinter sich Schritte ... also war sie schon dran. Sie lief verdammt gut und das mit Straßenschuhen. Die Schritte kamen näher, schwere stampfende Schritte, hechelnder Atem. Die Verfolgerin war am Ende, lange machte sie's nicht mehr. Also noch zulegen. Nein, es ging nicht – schneller konnte Tine nicht mehr, sie hatte das Gefühl, auf der Stelle zu laufen. Die Beine wurden schwer, der Schweiß rann ihr den Rücken hinunter. Die Jacke – zu viel und weiß, weithin sichtbar – weg damit! Tine zerrte sie über den Kopf, während sie sich durch das Unterholz kämpfte, sie kannte die Lücken zwischen den Büschen, tauchte unter Zweigen hindurch, blieb hängen. Ganz nah knackende Äste, keuchendes Stöhnen, feuchter Atem auf ihrem Nacken, sie fühlte eine schwere Hand an ihrem Rücken, stolpernd sprang sie zur Seite, schlüpfte endlich aus dem verräterischen Weiß.

Hinter ihr ein dumpfer Fall, ein heiserer Schrei gellte durch die Nacht. Zitternd hastete Tine weiter durch die schmalen Baumreihen. Die Abzweigung, der Weg am Friedhof, der Mörder... Weiter!, hämmerte es in ihren Schläfen. Weiter!, pochte das Entsetzen in ihrem Herzen. Ihr rasselnder Atem übertönte die langsamer werdenden Schritte. Schritte – es waren ihre eigenen, nur ihre eigenen – sie hatte die Verfolgerin abgeschüttelt.

Tief saugten sich ihre gequälten Lungen voll Luft. Zum Gropiusring oder am See entlang? Durchhalten – wie beim Nachtmarathon...

Ein schwacher Lichtpunkt wurde zu einem flackernden Blaulicht – ein Peterwagen. «Woher ...?», stieß Tine hervor, als einer der Polizisten ausstieg. «Eine Meldung der Zivilfahndung – ist Ihnen was passiert?" fragte er.

«Da!«, zeigte sie zitternd mit dem Finger in die Dunkelheit, »dahinten muss sie sein."

»Sie?«, fragte der Polizist, »wir suchen einen Serienmörder, er ist wieder aus der Psychiatrie entflohen. Meine Kollegin sah, dass ein Mann Ihnen folgte als Sie wegliefen.«

Sie fanden die Stelle zwischen den Bäumen, im Lichtstrahl starker Taschenlampen blinkte Metall auf – ein Messer. Im Laub krümmte sich röchelnd ein Mann, im Sturz fast unter sich begraben: ihre weiße Jacke. Ein Rinnsal sickerte unter ihm hervor und färbte die Jacke rot – blutrot wie der Abendschein im See.

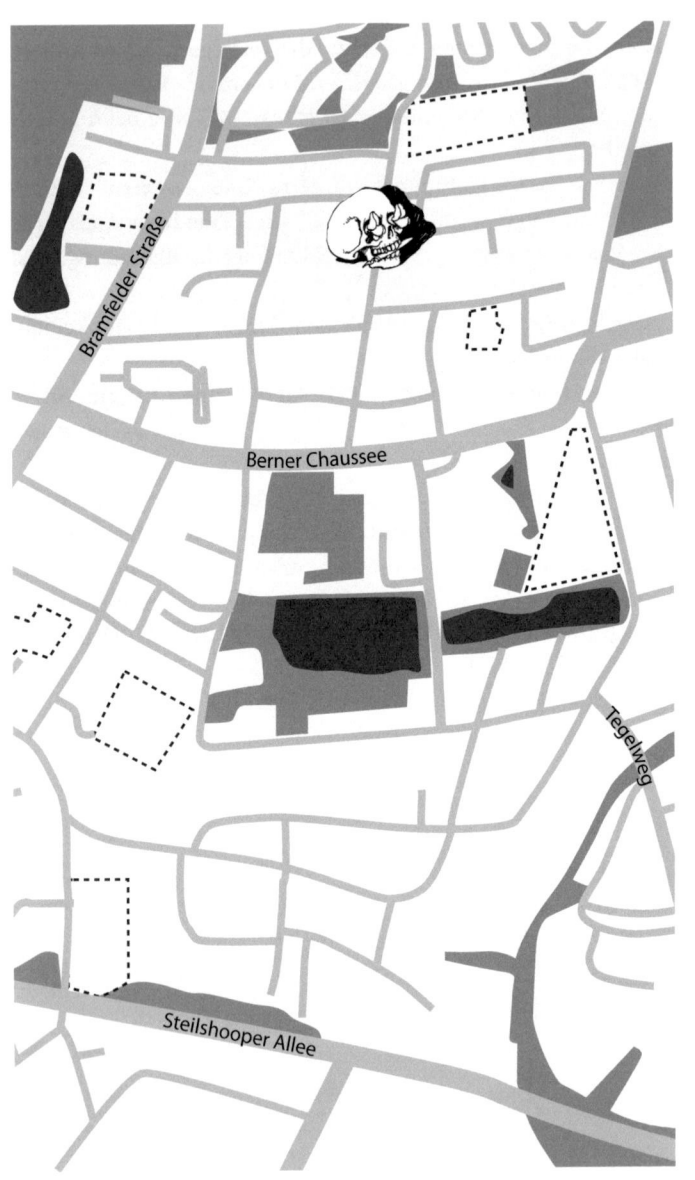

14

Lilly und die verschwundene Tote
Renate Maßfeller

Verena hatte gerade den Schlüssel ins Schloss gesteckt, als die Tür aufgerissen wurde. »Sie ist tot«, flüsterte Hubert. Er war kreidebleich und wischte sich den Schweiß von der Stirn. »Wer?«, fragte Verena irritiert. »Isolde. Oben. Auf dem Sofa.« Er packte Verena am Arm. »Was sollen wir tun?« Unwillig machte sie sich frei. »Lass sehn.« »Ich geh da nicht noch mal ´rein. Ich kann das nicht!« »Meine Güte, schrei nicht so!« Sie war schon die Treppe hinauf und öffnete die Tür zu Isolde Frankensteins guter Stube. Die alte Frau war halb vom Sofa gerutscht und starrte blicklos zur Zimmerdecke. Ein Kissen lag auf dem Boden. Verena hob das Kissen auf, sah noch einmal kurz auf die Frau, zog die Gardinen zu und schloss hinter sich die Tür.

»Wir müssen ein Beerdigungsinstitut anrufen,« drängte Hubert. »Oder ihren Arzt oder ...« »Nein! Nicht jetzt.« »Aber ...«, »Lass mich ausreden. Leute sterben, wenn sie alt sind. Ihr kann niemand mehr helfen. Aber ich steck' mitten im Examen. Bis Samstag muss alles andere warten.« »Aber wo soll sie bis dahin bleiben?« »Wir machen die Tür zu und Punkt.« »Du spinnst! Sie kann unmöglich so lange da liegen!« »Jetzt pass mal auf! Wir haben keinen Mietvertrag und wollten auch nie wissen, wie es der Alten gelungen ist, als einzelne Mieterin ein ganzes Reihenhaus für sich zu beanspruchen. Jetzt werden sich hier nicht nur Arzt, Bestatter und ihr merkwürdiger Neffe einfinden, sondern auch jemand von der Wohnungsvermietung. Dafür hab' ich keine Nerven. Ich will ein Einser-Examen. Und bis jetzt ist das auch drin. Dafür und nur dafür werde ich meine Zeit und Kraft einsetzen.« »Wie kannst du nur so gefühllos ...« »Eins noch,« unterbrach Verena ihn. »Durch mich hast du hier das Zimmer bekommen. In dieser Hohnerkamp-Idylle, mit der du deine Kommilitonen

so gern beeindruckst. Jetzt tu gefälligst mal etwas für mich!«
»Okay, okay. Aber sie muss hier weg!« Verena war bereits wieder
in ihrem Zimmer.

*

Als Lilly am ersten Tag ihrer Ausbildung zur Friseurin ganz
in Schwarz, mit grün gesträhnter Pixie-Cut-Frisur und Laptop
unterm Arm den Salon »Chez Madame« betrat, lag Madame einiges
auf der Zunge. Doch gesegnet mit jahrzehntelanger Erfahrung
und der Weisheit ihres Berufsstandes schwieg sie und wartete
ab. Monate später konnte sie sich zu dieser Taktik nur gratulie-
ren. Lilly war bei den Kundinnen beliebt. Umsichtig hantierte sie
mit Shampoo und Spülung, hörte sich freundlich den neuesten
Klatsch aus Bramfeld an, nahm Anspielungen auf ihr Erschei-
nungsbild mit Humor und weihte nebenher ihre Chefin per Laptop in die Geheimnisse des Internets ein.

So reagierte Madame großzügig auf Lillys Bitte um eine längere
Mittagspause, weil Großvater Heinrich von einer Leiter gestürzt
war und im Krankenhaus lag.

Stets erpicht, seine unverminderte Leistungsfähigkeit zu be-
weisen, hatte er Lillys Vater, Inhaber eines kleinen Bramfelder
Dachdeckerbetriebes, bei Ausbesserungsarbeiten in der Siedlung
Hohnerkamp unterstützt.

Jetzt lag Heinrich mit Schürfwunden und Knochenbrüchen
im Wandsbeker Krankenhaus, und statt dankbar zu sein, dass
er den Sturz überlebt hatte, behauptete er, jemand habe ihn ge-
stoßen. Die Ärzte hatten seine Äußerungen nicht beachtet, die
Polizei schien sich bedeckt zu halten und Papa hatte gesagt, er
solle ihn mit seinen Spinnereien zufrieden lassen, er hätte mit
Versicherung und Berufsgenossenschaft schon genug zu tun.

So war Lilly dran. »Ich war auf der Leiter,« nuschelte Heinrich zwischen Pflaster und Mullbinden hindurch. »Wollte den

Eimer mit Bitumen nach oben bringen. Da seh´ ich durch das offene Stubenfenster, wie jemand der alten Frau ein Kissen aufs Gesicht drückt. Ich lass den Eimer fallen und will in die Stube steigen. Kommt der Kerl doch auf mich zu und stößt mich von der Leiter. So war das!« Heinrich sah seine Enkelin bittend an. »Frag doch wenigstens mal nach der alten Frau.«

*

Jetzt stand Lilly vor der rückwärtigen Fassade des Reihenhauses und sah hinauf zu den oberen Fenstern. Von dieser Höhe war Heinrich gestürzt, mitten in die Rhododendren. Ein Mord in dieser Idylle? Unwahrscheinlich. Aber Heinrich würde keine Ruhe geben, also klingelte sie kurz darauf an der Haustür.

»Entschuldigung. Wohnt hier eine alte Dame?« Lilly sah auf das Türschild. »Isolde Frankenstein?« Dem jungen Mann, der ihr geöffnet hatte, schien es nicht gut zu gehen. Er sah blass und verschwitzt aus. »Isolde Frankenstein?« flüsterte er, »Ja, nein. Das heißt ... Moment mal. Verena!«, rief er Richtung Treppe. »Jemand fragt nach Isolde Frankenstein.« Eine kleine, energisch wirkende junge Frau kam die Treppe herunter und lächelte Lilly zu. »Die ist schon seit Sonntag bei ihrer Freundin im Harz. Tut mir leid, Hubert, ich hab‘ vergessen, es dir zu erzählen.« Sie wandte sich an Lilly: »Wir sind Studenten und wohnen hier nur zur Untermiete.«

Eigentlich war die Angelegenheit damit für Lilly erledigt. Doch am nächsten Morgen fragte *Madame*: »Wo bleibt nur Frau Frankenstein? Sie wollte doch heute zur Dauerwelle kommen. Lilly, ruf mal bei ihr an.« »Frankenstein?« Lilly stutzte. »Wie ist denn ihr Vorname?« »Isolde, glaube ich. Hier ist die Nummer.« Lilly war nicht überrascht, als Hubert sich am Telefon meldete. Überrascht war allerdings *Madame*. »Die ist doch nie verreist. Und mit fast neunzig in den Harz?« Lilly war beunruhigt. Hatte Heinrich doch nicht phantasiert? Sie musste noch einmal zu ihm.

»War er das?«, vom Laptop grinste Huberts Foto – Lillys Facebook-Account sei Dank – ihrem Großvater entgegen. »Der da? Nee. Der Typ war bulliger und hatte schwarze Haare. Und einen Zopf.«

*

Sie saßen in der Küche des Reihenhauses. Es war Lilly leicht gefallen, das Vertrauen des Studenten zu gewinnen, der ihr daraufhin die ganze Geschichte gestand. Sie machte aus ihrer Empörung keinen Hehl, hatte aber die Genugtuung, Hubert mit Großvaters Beobachtungen einen gehörigen Schrecken einzujagen. »Das passt auf Isoldes Neffe!«, rief er aufgeregt. »Wie oft ist er sie um Geld angegangen, aber keinen Cent hat die Alte ´rausgerückt. Und jetzt hat er sie also umgebracht! Wir müssen die Polizei rufen!« »Liegt die Frau denn noch immer in ihrem Zimmer?« »Nein. Ich habe Verena ein Ultimatum gestellt.« »Ach ...« »Ja!« »Und wo ist die Tote jetzt?« »Weiß ich nicht.« »Du hast Verena allein ...« »Die wollte doch unbedingt, dass ich bis Samstag die Klappe halte. Und ich konnte schließlich nicht wissen, dass es um Mord geht«, unterbrach Hubert sie trotzig. Lilly fehlten die Worte. Schließlich meinte sie: »Kann ich mal sehn, wo ihr sie gefunden habt?« »Ja, ja, komm nur!«

Lillys Blick streifte über Isolde Frankensteins Reich aus deutscher Eiche und blieb für einen Moment an der mächtigen, mit Schnitzereien versehenen Truhe hängen. »Ich muss zu meinem Großvater.« »Und die Polizei?« rief Hubert. Lilly war schon an der Tür. »Warte, bis ich mich melde.«

Es wurde schon dunkel, als Lilly das Krankenhaus erreichte. Sie eilte zur Station. Wenn der Mörder wusste, dass der Zeuge noch lebte, war Heinrich in Gefahr. Als sie um die Flurecke bog, kam ihr ein Mann entgegen. Er hatte schwarzes Haar, trug einen Zopf und ging auf Heinrichs Zimmer zu. »Wo wollen Sie denn hin?« Lilly war ganz heiser vor Schreck. «Was geht denn dich das an?« »Na, da liegt mein Großvater und der braucht Ruhe.« Der Mann musterte Lilly und lächelte plötzlich. »Sorry, hab mich wohl in der Tür geirrt. Was hat der Alte denn?« »Er ist von einer Leiter gestürzt.« Lilly sah sich um. Im Schwesternzimmer brannte Licht. Sie ging auf die Besucherecke zu und setzte sich. »Und er will einen Mord gesehen haben,« flüsterte sie. Der Mann war ihr gefolgt. »Was sagt denn die Polizei dazu?«»Der haben wir nichts gesagt, weil Großvater sich die Sache eingebildet haben muss. Die angeblich Ermordete war gar nicht im Hause, sondern ist im Harz, bei einer Freundin.« Der Mann sah sie plötzlich misstrauisch an. »Wer behauptet das denn?« »Ihre Untermieter. Hab' sie gerade noch erreicht. Morgen früh ziehen die aus. Sie wollten wissen, ob ich jemanden kenne, der ihnen beim Transport einer schweren Eichentruhe hilft.« Der Mann sah auf seine Armbanduhr. »Ich muss los. Grüß' den Alten, und er soll erst denken, bevor er redet.« Sekunden später heulte draußen ein Motor auf. »Köder geschluckt«, murmelte Lilly. Dann griff sie zum Handy. Hubert war am Telefon. »Wo ist Verena?« »Noch in der Uni.« »Gut, dann verlass jetzt das Haus und lasst euch beide dort vorerst nicht blicken.« »Aber ...« Lilly legte auf, wartete noch einige Minuten und wählte dann 110.

*

Im Salon »*Chez Madame*« gab es am nächsten Morgen nur ein Thema. »Mord in der Siedlung Hohnerkamp. Polizei nimmt Verdächtigen fest. Wer gab den Tipp?«, zitierte *Madame* die Zeitung. »In einer Eichentruhe hat sie gelegen! Von wegen Harz! Hab ich nicht gesagt, da stimmt etwas nicht?« Lilly nickte, während sie mit Hingabe das Waschbecken polierte.

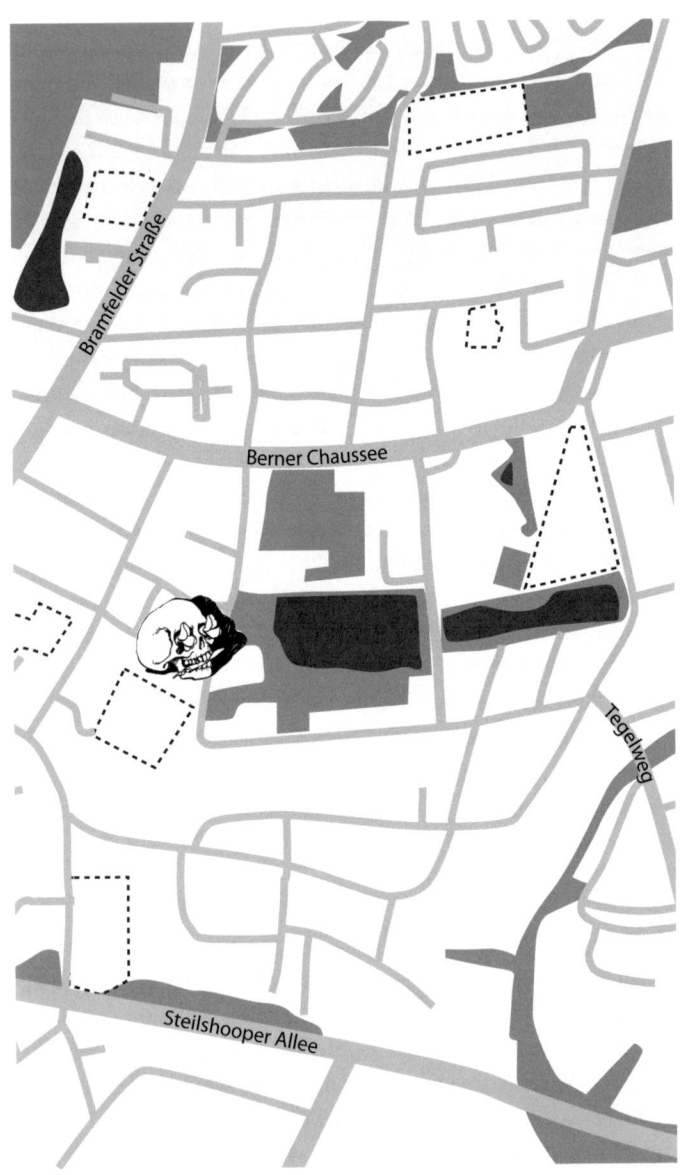

An der Kreuzung
Astrid Klusmann

Ilse Gutknecht lebte gern in Bramfeld. Als sie damals mit ihrem Mann in den Trittauer Amtsweg gezogen war, hatte ein entfernter Verwandter aus Iserbrook sie zweifelnd gefragt: »Bramfeld? Ist das in Hamburg???« Ilse konnte das nicht verstehen. Zwar hatte sie damals öfter mit Alfred, ihrem Mann, die Wochenenden damit verbracht, den Rest von Hamburg zu erkunden. Am Ende des Tages aber waren beide immer froh gewesen, wenn sie zurück waren in ihrer gemütlichen Dreizimmerwohnung im ruhigen und grünen Bramfeld. Und dieses Gefühl von Heimat war ihr bis heute geblieben, auch wenn sie ihren Alfred vor über 7 Jahren auf dem klei-nen Bramfelder Friedhof an der Berner Chaussee beerdigt hatte. In letzter Zeit dachte Ilse häufiger an den Tod. Mehrere Freundinnen waren in den letzten Jahren verstorben und so langsam bekam Ilse Gutknecht das Gefühl, dass auch ihre Zeit sich dem Ende zuneigte. Sie sah dem Ganzen gelassen entgegen. Irgendwann würde sie irgendwer – vermutlich Herr Franke, der ihr seit einigen Monaten als »Bundesfreiwilligendienstler« regelmäßig seinen Besuch abstattete, um für sie Besorgungen zu erledigen oder sie zum Arzt zu begleiten – irgendwann also würde Herr Franke sie finden, wie sie (so stellte sie sich mit einigem Schaudern vor) der Länge nach im Flur lag, die Hand nach dem Telefon ausgestreckt. Der arme Mann! Da seine Besuchsquote etwa dreimal so hoch war wie die ihrer einzigen Tochter Edith, standen seine Chancen, die tote Ilse zu finden, nun mal eindeutig am besten – oder am schlechtesten, je nachdem, wie man es sah.

Doch Ilse war nicht der Typ Frau, der trübsinnigen Gedanken allzu lange nachhing. Entschlossen machte sie sich auf den Weg zu ihrem Stammplatz am Küchenfenster. Herr Franke war so nett gewesen, ihre Eckbank für sie zu verschieben, so dass sie nun bequem von ihrem Fenster aus das Leben draußen, vor allem aber die Geschehnisse an der Kreuzung, beobachten konnte. Die Pappeln in ihrer Straße hatten die meisten Blätter bereits abgeworfen. Das war schlecht, denn es bedeutete, dass der Herbst unweigerlich näher kam – es war aber auch gut, denn mit dem schwindenden Blattwerk wurde die Sicht für Ilse von Tag zu Tag besser. Sie machte es sich mit ihrer Teetasse auf der Bank gemütlich und schaute auf die Straße. Voller Wehmut dachte sie an frühere Herbsttage zurück. Tage, an denen sie mit Edith die nahe gelegene Anderheitsallee durchstreift hatte. Was war Edith doch damals für ein süßes Ding gewesen! Lustige, blitzende Augen hatte sie gehabt und schöne braune Locken. Ganz so wie die Kleine, die da jetzt gerade an der Hand ihrer Mutter aus der Tiefgarageneinfahrt gegenüber kam. Die beiden hatte sie noch nie gesehen, aber das hatte nichts zu sagen. Gegenüber, in den schicken Maisonettewohnungen auf dem alten Ziegeleigelände, herrschte ein ständiges Kommen und Gehen. Die Kleine und ihre Mutter verschwanden aus Ilses Blickfeld. Wahrscheinlich wollten sie noch rasch zum Kiosk, der nur ein paar Häuser entfernt lag. Vielleicht hatte die Kleine die Mutter zum Kauf eines Kratzeises überreden können oder die Mutter hatte bei ihrem Einkauf die Milch oder Butter vergessen. Über den Kiosk war Ilse heilfroh, verschaffte er ihr doch die Möglichkeit, wenigstens kleine Besorgungen noch selbstständig erledigen zu können. Schon kehrte die Mutter der Kleinen vom Einkauf zurück. Sie überquerte die Kreuzung und verschwand in einem der Hauseingänge. Wo war denn das Mädchen? Hatte es noch eine Freundin getroffen und sich verabredet? Ach, da kam sie ja. Singend hüpfte sie den Gehweg entlang, in der Hand ein gelbes Stofftier. Die Kleine blieb kurz vor der Kreuzung stehen, blickte nach links und rechts und wollte gerade die Straße überqueren, da passierte es:

Von links näherte sich ein dunkler Wagen, fuhr rechts an den Bürgersteig und kam neben dem Mädchen zum Stehen. Ein Fenster wurde herab gelassen. Das Mädchen sprach kurz mit dem Fahrer, nickte und wollte weitergehen. In diesem Moment öffnete sich die hintere Tür, das Mädchen schaute in das Auto und verschwand. Verdutzt rieb sich Ilse die Augen. War das eben wirklich passiert? Aber ja, im gleichen Moment beschleunigte der Wagen und fuhr in hohem Tempo in Richtung Fuchswiese davon. Weit und breit von dem Mädchen keine Spur. Ilse bebte. War sie tatsächlich gerade Zeugin einer Entführung geworden? Mit zittrigen Händen griff Ilse nach dem Telefon, schaute auf die Straße, die menschenleer war, schaute auf das Telefon. Kaum hatte sie die Nummer der Polizei eingetippt, legte sie wieder auf. Was, wenn man ihr nicht glaubte? Aber was, wenn dies ein Ernstfall war? Wenn da wirklich ein kleines Mädchen direkt vor ihren Augen verschleppt worden war? Entschlossen griff Ilse zum Telefon und wählte erneut. Mit ruhiger Stimme und betont sachlich schilderte sie ihre Beobachtungen und sagte anschließend zu, auf die Polizei zu warten. Was sonst hätte sie tun können?

Knapp zehn Minuten später klingelte es an der Tür und Ilse bat die zwei Beamten in die Küche. Sie erklärte, wo sie im Moment der Entführung gesessen hatte und berichtete erneut, was geschehen war. »Wissen Sie, wie das Mädchen heißt?« »Kennen Sie die Hausnummer?« »Haben Sie das Autokennzeichen erkannt?« Alle diese Fragen musste Ilse verneinen. Der Zweifel in den Gesichtern der Polizisten wurde immer deutlicher. Nach einigen Minuten weiterer Befragung verabschiedeten sich die Beamten von ihr. Wie angekündigt, gingen sie hinüber auf den Spielplatz und sprachen mit den Müttern und Vätern, die das schöne Herbstwetter noch einmal nutzten, um die Kinder an der frischen Luft spielen zu lassen und mit den Nachbarn zu klönen. Als Ilse die beiden nach wenigen Minuten in Richtung Polizeiwache davonschlendern sah, war ihr sofort klar, dass ihre Meldung als Ente in einer Schreibtischschublade landen würde, solange niemand eine Vermisstenanzeige aufgab. Sie seufzte. Was jetzt? Selbst ermitteln – das wäre zwar spannend gewesen, aber von einer hüftkranken Oma würde sich ein Kindsentführer kaum überwältigen lassen. Ilse dachte nach ...

Zwei Stunden später erwachte sie aus einem beklemmenden Traum, in dem es von kleinen Mädchen in bunten Röcken nur so gewimmelt hatte. Völlig steif war sie durch ihr Nickerchen auf der Küchenbank geworden, jeder Knochen tat ihr weh. Verwirrt und vor allem verärgert erhob sich Ilse von ihrem Ruheplatz und schlurfte zur Toilette. Sobald sie wieder ein bisschen klarer denken konnte, wurde ihr bewusst, dass sie in letzter Zeit wohl mehr Fernsehkrimis gesehen hatte, als es ihr gut tat. Nun hatte sie auch noch die Polizei vergeblich in Alarm versetzt.

Ilse reckte sich und beschloss, nicht länger zu grübeln. Sie zog sich ihre Strickjacke an, steckte das Portmonee ein und machte sich auf den Weg zu Alfred. Eine Stunde später hatte sie im kleinen Blumenladen neben dem Friedhof einen schönen Bund Chrysanthemen gekauft und auf dem Grab arrangiert. Sie hielt noch ein paar Minuten Zwiesprache mit ihrem Liebsten und machte sich dann auf den Rückweg. Ihre Hüfte brachte sie um und schließlich lag noch ein langer Marsch vor ihr. Gerade war sie um die letzte Kurve vor dem Ausgang gebogen, da sah sie es: In einer dunklen Ecke des Friedhofs, gleich hinter einem großen Buchsbaum, lag das gelbe Kuscheltier, das das Mädchen am Nachmittag in der Hand gehalten hatte, bevor es im Auto verschwand. Ilse wurde es heiß und kalt. Hatte sie doch nicht geträumt? Oder war alles nur ein Zufall? Schnell blickte sie sich nach allen Seiten um. Niemand zu sehen. Sollte sie schauen, ob sie das Mädchen finden konnte? Das wagte sie nicht. Stattdessen humpelte sie, so schnell es ging, auf das Stofftier zu, schnappte es und verstaute es geistesgegenwärtig in ihrer Einkaufstasche. Nichts wie weg hier. Ilse humpelte so schnell es ging. Wie mechanisch liefen ihre Beine, die Gedanken kreisten nur um eine Frage: Würde die Polizei ihr glauben? Nach einer Rekordzeit von 38 Minuten war Ilse endlich wieder an ihrem Haus angekommen. Sie war vollkommen erschöpft. Mit bebenden Händen steckte sie den Schlüssel ins Schloss und betrat ihre Wohnung. Wo war denn nur das verdammte Telefon? Wenn man es einmal brauchte! Ach, ja, da an der Garderobe hatte sie es liegen gelassen. Ilse stellte ihre Einkaufstasche ab und griff nach dem Telefon. Als ihre Finger den Hörer umschlossen, durchfuhr sie ein heftiger Schmerz, stärker als alle anderen Schmerzen, die Ilse in ihrem langen Leben durchlitten hatte. Ilse wurde es kalt und sie ahnte, dass sie zu spät gekommen war. Dann spürte sie nichts mehr.

Über die Fuchswiese erklang der Gong der Schulglocke. Am Himmel zog ein Modellflugzeug seine Kreise. In ihrer Wohnung lag Ilse Gutknecht, 83 Jahre alt, der Länge nach im Flur. Herr Franke klingelte.

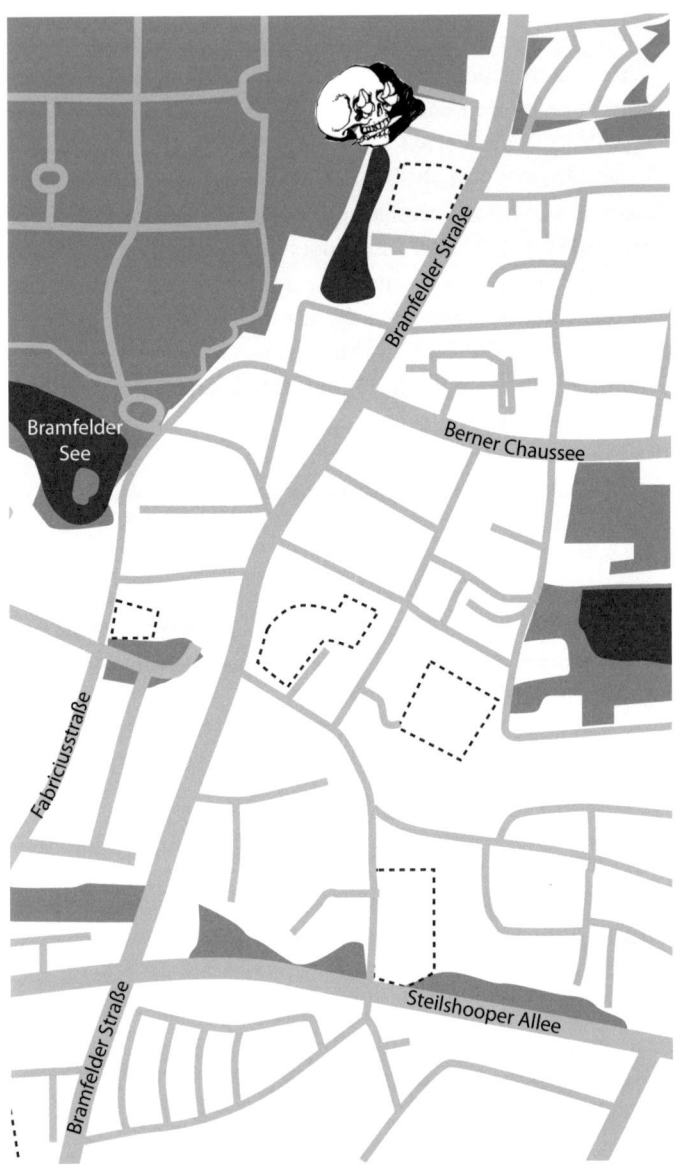

Bramfelder Straße

Berner Chaussee

Bramfelder
See

Fabriciusstraße

Steilshooper Allee

Bramfelder Straße

Bramfeld, nicht Bahrenfeld

Arne Grimm

Ich fuhr gerade die Hamburger Straße stadtauswärts entlang, als mein Handy klingelte. Ein Blick auf das Display verriet
mir, dass es mein neuer Partner war. »Du bist schon da?« »Laut
Navi bin ich auch gleich da, in 12 Minuten.« »Natürlich beeil
ich mich!«, schnauzte ich in das Handy. Es war jetzt 02:50 und
ich hatte gerade mal 3 Stunden geschlafen. Es goss in Strömen
und ich stellte den Scheibenwischer eine Stufe höher. »Schei-
ße, Regenschirm vergessen!« Meine Stimmung war auf dem
Nullpunkt. Mein Magen knurrte, ich hatte noch keinen Kaffee
gehabt und die Zigaretten waren auch alle. «Bitte beachten Sie
die Geschwindigkeitsbegrenzung!«, zeterte die weibliche Ober-
lehrerstimme aus dem Navi. Ich überlegte kurz, das Teil einfach
aus dem Fenster zu schmeißen, aber dann würde ich wohl nie
ankommen. Ich war noch nie in Bramfeld gewesen und hatte
erst Bahrenfeld verstanden. Nun musste ich an das andere Ende
der Stadt und in einer Gegend ermitteln, in der ich mich nicht
auskannte, bei strömenden Regen, ohne Kaffee und Zigaretten,
keine guten Vorraussetzungen. Ich donnerte viel zu schnell über
eine große Kreuzung. «In 1,5 km links abbiegen!«, verriet mir
Frau Oberlehrerin. Auf der vierspurigen Straße kam mir kein
einziges Auto entgegen und der menschenleere Stadtteil kam
mir in dieser regnerischen Nacht recht trostlos vor. In einiger
Entfernung tauchte eine Tankstelle auf und ich überlegte kurz,
mir dort Kippen und einen Kaffee zu holen, aber meine Freundin teilte mir gerade mit, dass ich in 500 Metern links abbiegen
musste und ich hatte Jürgen versprochen, mich zu beeilen. Ich
bog also in die kleine Straße ein und fuhr langsam bis an das
Ende der Sackgasse, in der zwei Polizeiwagen mit flackerndem
Blaulicht standen. Im Scheinwerferlicht konnte ich einen Poli-

zisten erkennen, der einen kleinen Durchgang versperrte. »Sie haben Ihr ziel erreicht!« – »Am Ehrenmal« konnte ich noch lesen, bevor ich das Navi ausschaltete.

Ich griff hinter mich auf die Rückbank und war froh, dort tatsächlich die von mir vermutete Schirmmütze vorzufinden. Ich setzte die Kappe auf und zog den Reißverschluss meiner Jacke bis obenhin zu. Beim Aussteigen peitschte mir sofort der strömende Regen ins Gesicht und ich merkte leider zu spät, dass ich knöcheltiefen in einer Pfütze stand.

Am Absperrband angekommen, zeigte ich dem Polizisten meinen Dienstausweis. »Hauptkommissar Jochen Liebermann?« – Ich überlegte kurz, meinem Sarkasmus freien Lauf zu lassen, entschied mich aber anders und antwortete mit einem schlichtem »Ja.« – »Sie werden erwartet. Den Weg entlang. Sie können es gar nicht verfehlen.«

Im Licht zweier Scheinwerfer konnte ich eine große Rasenfläche erkennen, die auf der einen Seite an dem vom Schilf bewachsenem Ufer eines Sees endete und sonst von Dunkelheit umgeben war. Ich verließ den Wanderweg und hielt direkt auf das große Zelt zu, welches zwischen den beiden Scheinwerfern aufgebaut worden war. »Jochen, da bist du ja!« Mein junger Kollege kam mir mit großen Schritten entgegen und ich musste mit einer Mischung aus Verachtung, Neid und Anerkennung feststellen, dass er Gummistiefel trug und wurde schmerzlich an meine völlig durchnässten Turnschuhe erinnert. Auf dem Kopf hatte er einen ... er hatte tatsächlich einen kleinen Regenschirm auf dem Kopf befestigt, sodass er mit seinen Händen frei agieren konnte. »Jochen, ich klär dich kurz auf. Also, ... « – »Hast du Zigaretten dabei?«, unterbrach ich ihn barsch, schüttelte meine triefende Kappe aus und glotzte dabei auf seinen Regenschirm. »Jochen, ich rauche immer noch nicht. Also, Wasserleiche, weiblich, zwischen 14 und 20 Jahre alt, liegt noch nicht lange hier. Mehr haben wir noch nicht. Die Leiche liegt noch so da, wie sie gefunden wurde. Die Spusi hat alles aufgenommen, was bei dem Wetter zu verwerten war und wartet auf das «Go«, um sie aus dem Wasser zu holen. Ich dachte, du wolltest vorher noch einen Blick drauf werfen.« »Wartet auf das Go«, dachte ich bei mir. Dieser kleine Scheißer war wirklich gut, das musste man ihm lassen. »Zeig sie mir«, murmelte ich. Wir gingen zum Ufer hinunter und ich versank dabei immer tiefer im Matsch. Mein Schmachter wurde immer schlimmer und ich musste an die Gummistiefel und den Schirm des kleinen Scheißers denken. »Wer hat sie gefunden?« Von der zwischen dem Schilf treibenden Leiche war lediglich das aschfahle Gesicht zu sehen, dessen weit aufgerissene Augen zum Himmel starrten. Sie war eher 14 als 20, höchstens 16. »Norbert Hansen. 64 Jahre alt. Wohnt in der Nachbarschaft und war noch spät mit seinem Hund unterwegs«, sagte Jürgen zackig. »Er wartet im Zelt. Du kannst ihn selbst befragen.« »Macht alles richtig, der Kleine.« Laut sagte ich: »Wenn der Tatort gründlich abgesucht wurde, kann die Leiche geborgen werden. Ich brauche schnellstmöglich Infos über Gewalteinwirkung, sexuellen Missbrauch, mögliche Todesursache. Kümmere dich darum! Mach Druck!« Ich drehte mich um und ließ ihn stehen.

Ich betrat das nach vorn hin offene Zelt. Es lungerten etwa ein dutzend Leute herum, in Uniform, in Zivil und in den typischen Overalls der Spusi. Niemand hatte eine Zigarette im Mund oder einen dampfenden Becher Kaffee in der Hand. Ein kräftiger Mann saß abseits auf einem Stuhl und schien gelangweilt, neben ihm hockte kerzengerade ein Golden Retriever und beobachtete das Treiben. »Herr Hansen, ich bin Hauptkommissar Jochen Liebermann. Sie haben die Leiche gefunden? Erzählen Sie mir, wie es dazu kam.« Ich gab ihm nicht die Hand, hielt ihm aber meinen Dienstausweis vor das Gesicht. Hansen schaute sich weder den Ausweis an noch stand er auf. »Gibt`s hier keinen Kaffee?«

Ich stöhnte innerlich auf, sagte aber nichts. Hansen fuhr fort:

»Na ja, Schwamm drüber. Ich hab gar nichts entdeckt. Hier, mein Odin war's!« Er tätschelte mit der flachen Hand den Kopf des Hundes. »Wissen Sie, die Goldis hier, die haben 'nen super Geruchssinn und fahren unheimlich auf Aas ab. Stinken muss es und am besten voll mit Maden sein, da fahren die voll drauf ab. Fressen den Scheiß, wälzen sich darin 'rum, wissen gar nicht, was sie zuerst machen sollen, so geil sind sie drauf. Ich dachte erst, er hätte 'nen toten Fisch entdeckt, aber als er auf mein Pfeifen nicht reagierte und wild kläffte, wusste ich, dass er mir was zeigen wollte. Ich also 'runter zum Ufer und da lag sie dann, die arme Deern. War schon gruselig, wie sie mich im Licht meiner Taschenlampe anglotzte. Hab sofort gesehen, dass sie tot ist, so blass, wie die schon war und mit den offenen Augen«, er schüttelte den Kopf. »Hab dann die Bullen angerufen und hier gewartet.« »Gehen Sie öfters um diese Uhrzeit mit dem Hund 'raus?« – »Nein, weiß Gott nicht, aber der Köter hat 'nen beschissenen Durchfall und bevor der kleine Scheißer mir den Teppich voll saut, geh ich lieber alle 2 Stunden mit ihm raus.« Ich musste das erste Mal an diesem Morgen grinsen. So hatten wir alle unsere kleinen Scheißer. »Ist Ihnen sonst noch etwas aufgefallen? Waren andere Personen in der Nähe oder ist jemand weggelaufen, haben Sie Stimmen oder Geräusche gehört? Irgendetwas?« »Nee, mir ist nichts aufgefallen«, Hansen schien kurz nachzudenken, »aber gucken Sie sich doch mal drüben beim Denkmal um, da finden Sie bestimmt was Brauchbares. Da treffen sich die Jungendlichen häufig, »hängen ab«, wie sie das nennen, und »chillen«. Was nichts anderes heißt als saufen und kiffen.«

Ich wurde hellhörig und rief: »Jürgen, komm mal 'rein hier!« Fast augenblicklich stand Jürgen vor mir. »Und?«, fragte ich nur. »Ach so, ja. Keine äußerlichen Verletzungen, die Kleidung ist soweit vollständig und nicht beschädigt. Das Mädchen ist vermutlich ertrunken und höchstwahrscheinlich nicht sexuell missbraucht worden. Ich soll noch einmal betonen, dass dies nur erste Vermutungen sind.« »Okay«, ich musste kurz nachdenken. »Schnapp dir zwei Kollegen von der Streife und ein paar Taschenlampen und warte draußen auf mich.« »Herr Hansen, wenn wir Ihre Personalien haben, können Sie jetzt eigentlich gehen.« Hansen stand auf und begab sich mit seinem Hund zum Ausgang. Da kam mir eine Idee. »Obwohl, Herr Hansen! Wenn Sie noch Zeit hätten, wäre ich Ihnen dankbar, wenn Sie uns das Denkmal zeigen könnten. Sie kennen sich hier doch bestimmt gut aus.« Hansen drehte sich um und nickte: »Klar kenn ich mich hier aus, wie in meiner Westentasche. Bin hier groß geworden. Hab hier noch in den Rhabarberfeldern gespielt und ... « »Herr Hansen«, unterbrach ich ihn, »Wir müssen uns beeilen.«

Ein paar Minuten später gingen wir die Grünfläche hinauf. Die beiden Streifenbeamten flankierten uns links und rechts mit Handscheinwerfern, Hansen ging mit seinem Hund ein wenig voraus. Im Lichtpegel der Scheinwerfer konnten wir nun eine Treppe erkennen, welche zu einem Plateau hinauf führte, auf dem die Steinskulptur eines Soldaten stand. Das Ganze wurde von gemauerten Halbbögen eingefasst, die auf Pfeilern ruhten. Alles in allem eine schöne Anlage. Ich hatte die Polizisten angewiesen, unten zu warten und die Umgebung zu sondieren. »Jürgen, schauen wir uns ein wenig um. Du rechts ´rum, ich links. Herr Hansen, Sie warten hier.« Vorsichtig leuchtete ich den Boden zu meinen Füßen ab und begutachtete auch die Pfeiler zu meiner Linken, die mit Graffitis verziert waren. Etwas weiter, im Schutze der Statue, entdeckte ich eine kleine Feuerstelle am Boden. Ich ging in die Hocke und schaute mir das näher an. Da lagen leere Bier-, Energydrinks-, Alkopopsdosen und leere Flaschen, in denen billiger Wodka gewesen war. »Ich sach ja, die Gören saufen hier gern mal Einen, »glühen vor«, bevor sie in die Kneipen oder in die Stadt fahren.« Ich wirbelte herum und hätte fast meine Waffe gezogen. »Hansen, Sie sollten doch unten warten.« »Odin hat was gewittert«, sagte er nur kurz.

Im gleichen Moment hörte ich Jürgen rufen: «Jochen, komm mal schnell her!«

Ein Stück weiter stand Jürgen, im Pegel seiner Taschenlampe lag eine grüne Strickjacke. Als wir herankamen, war Jürgen bereits auf dem etwa einen Meter tiefer liegenden Rasen gesprungen. Ich spendete ihm mit meiner Lampe von oben Licht. Dort unten lag ein weiteres Mädchen. Der Hund fing an zu bellen und einen Augenblick später war einer der Polizisten zur Stelle. »Jürgen!«, rief ich, »rede mit mir!« Nachdem er seine Fassung wieder erlangt hatte, rief er so laut, dass auch der Polizist es hören konnte: »Weibliche Person, ca. 16 Jahre. Bewusstlos. Platzwunde am Kopf. Nicht ansprechbar. Puls und Atmung schwach, aber okay.« Und nach einer kurzen Pause: «Hat sich übergeben, vermutlich Alkoholvergiftung oder Drogen.«

Eine halbe Stunde später, die beiden jungen Frauen waren längst abtransportiert worden, die eine in die Gerichtsmedizin, die andere, außer Lebensgefahr, ins nächste Krankenhaus, saß ich barfuß und etwas abseits von den Aufräumarbeiten auf einer Bank und machte mir Gedanken über das eben Erlebte. Meiner Meinung nach war der Fall klar und ich rekonstruierte den Ablauf folgendermaßen: Eine ungewisse Anzahl von Jugendlichen hatte hier eine nächtliche Party veranstaltet, mit viel Alkohol und wahrscheinlich auch mit Drogen, das würden die Laborergebnisse zeigen. Nachdem der Regen sie überrascht hatte, geriet die Gruppe wohl in Panik und lief auseinander. In der Dunkelheit und unter dem Einfluss von Rauschmitteln war das eine Mädchen wohl gestürzt und das andere orientierungslos herumgeirrt, in den See gefallen und dort ertrunken. Wahrscheinlich saß der Rest der Gruppe jetzt irgendwo in einer Kneipe und feierte weiter, in der Annahme, die beiden fehlenden Mädchen wären gemeinsam nach Hause gegangen. Er hatte bereits veranlasst, die umliegenden Kneipen zu durchsuchen. Der Rest war Routine.

Jürgen kam um die Ecke, in den Händen ein Tablett mit dampfenden Kaffeebechern. Ich nahm mir gleich zwei und als ich die Schachtel »Camel ohne« entdeckte, schaute ich zu Jürgen auf. Er grinste über das ganze Gesicht. »Jürgen«, sagte ich. »Du warst heute richtig gut!« Sein Grinsen wurde noch breiter. Er drehte sich um und ging zu den Kollegen. Ich machte mir gleich eine Fluppe an, lehnte mich zurück und trank einen Schluck Kaffee. Die Sonne ging über den Baumwipfeln auf und spiegelte sich auf dem See und man konnte in der Ferne den großen Zaun des Ohlsdorfer Friedhofs und große Eichen erkennen. Auf einmal kam mir der Stadtteil nicht mehr ganz so trostlos vor. Als Herr Hansen mit seinem Hund den Weg herunterkam, winkte ich ihn zu mir: »Herr Hansen, ich habe Kaffee für uns, setzen Sie sich zu mir und erzählen Sie mir von den Rhabarberfeldern.«

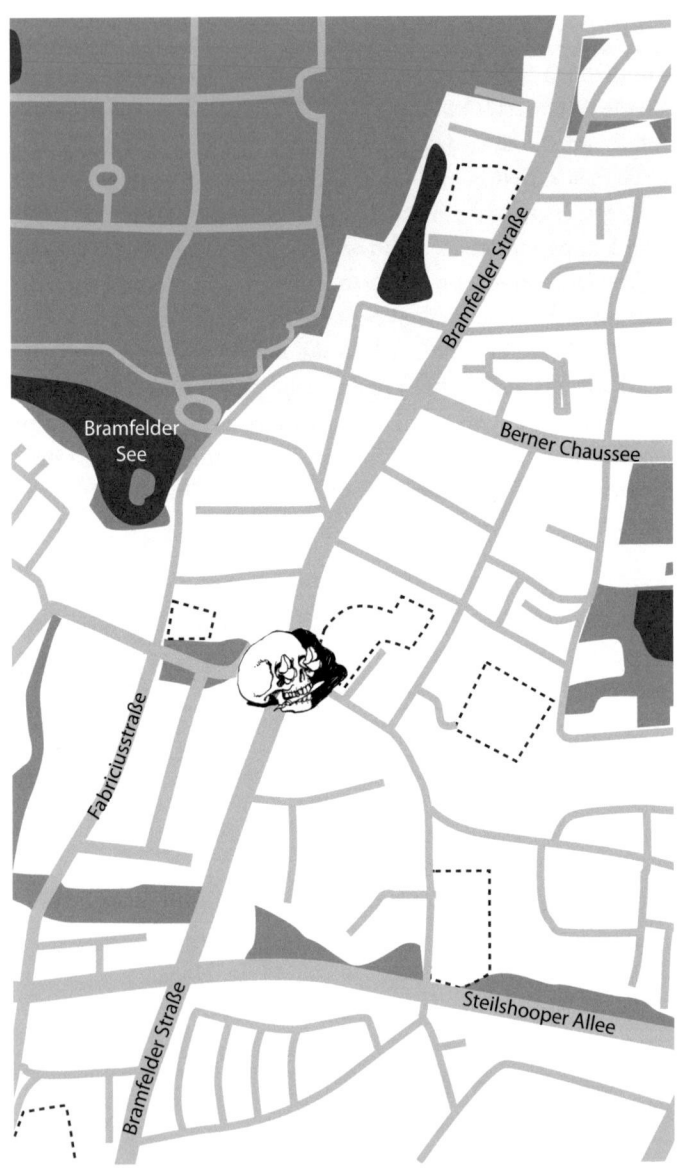

34

Der Baum des Friedens
Tobias Frömming

Ben genoss die morgendlichen Sonnenstrahlen in seinem Gesicht. Er hatte das Gefühl, dass jede seiner Sommersprossen die Wärme begrüßte. Ihm gefiel das Leben eines Landarbeiters. Die Natur, die Freiheit unter einem blauen Himmel, der endlose Blick über die Felder seines Vaters, aber er war zu jung hierfür, so dachte er immer. Seine braunen Augen wollten mehr sehen als nur den Hof seines Vaters in Bramfeld, sie wollten die Welt sehen. An jeder Ecke hörte er, dass sich die Welt im Umbruch befand, ständig wurde etwas Neues erfunden und in nicht einmal 10 Jahren würde sogar schon das zwanzigste Jahrhundert anbrechen. Da musste es einfach mehr zu entdecken geben als gelbe Felder und Kartoffelsuppe. Ben war für seine 15 Jahre recht groß und dennoch hatten seine langen Beine, welche einen kräftigen Oberkörper trugen, es bisher nur nach Hamburg geschafft. Ja, Hamburg war schon eine Reise wert, aber viel wichtiger war, dass es einen Hafen hatte und jeder Hafen hatte Schiffe, die einen jungen, abenteuerlustigen Mann von fremden Ländern und unendlichen Weiten träumen ließen.

Ben rannte durch das goldfarbene Gerstenfeld, schloss seine Augen, als der Wind durch sein rotbraunes Haar streifte und stellte sich vor, er würde an der Reling eines Handelsschiffes stehen. Das Rauschen in seinen Ohren klang wie die aufgewühlte See für ihn.

Langsam sollte er sich zwar Richtung Feldarbeit aufmachen, aber ein kleiner Umweg an die Zollstelle in Hellbrook konnte nicht schaden. Vielleicht sah er sogar einige Händler, welche auf den Märkten in Hamburg ihre Waren anbieten wollten. Das kam nicht oft vor, dass sie für ihn stehen blieben und wenn er ehrlich zu sich war, hatte er bis jetzt auch nur einmal das Glück gehabt,

Geschichten aus fernen Ländern zu hören. Schnell noch über den Dorfplatz huschen, an der Friedenseiche vorbei und dann ab Richtung Zollstelle.

Ben bog um die nächste Ecke und kam schliddernd zum Stehen. Nein, so etwas gab es nicht. Langsam ging er näher, den Mund vor Erstaunen und Entsetzen gleichzeitig offen. Sein Rachen wurde schlagartig trocken, aber Ben war zu gefangen von dem Anblick, als dass er irgendetwas um sich herum wahrnehmen konnte.

»Ist er tot?«, flüsterte er, aber niemand war so früh auf dem Dorfplatz, um ihn zu hören. Ben schluckte, als seine Augen immer noch starr nach oben auf die Friedenseiche gerichtet waren. Wer würde sich an einem Baum des Friedens erhängen? Ben wusste es nicht, aber eines wusste er, wenn er den Toten der Polizei meldete, würde sein Vater wissen, dass er nicht zur Feldarbeit gegangen war, aber wenn er es nicht tat ... Bens Gedanken rasten. Oh mein Gott, was ist, wenn er noch lebt?, schoss es ihm durch den Kopf. Seine langen Beine rannten die letzten Meter zur Eiche und mit wenigen geschickten Handgriffen war er hinauf geklettert und hatte den verhängnisvollen Ast erreicht. Ein Griff zu seinem Messer und schon begann er, das Hanfseil durchzuschneiden. Selbst wenn der Fremde sich etwas brach beim Sturz, war dies noch allemal besser, als wenn er erstickte. Es war ein gutes und festes Seil, aber selbst auf dem Bauch liegend und sich um einen Ast klammernd, brachte Ben genügend Kraft auf, um es schnell durchzutrennen.

»Hey Ben, wolltest du mich erschrecken, oder was?« Die laute Stimme, welche sich von hinten näherte, war die seines besten Freundes Thomas. Er war nicht ganz so groß wie Ben, aber dafür hatte er noch breitere Schultern und Ben neckte ihn immer, weil er Hände so groß wie Bratpfannen hatte.

»Komm her, du Idiot, und hilf mir lieber. Der Fremde von gestern Nacht hängt hier am Baum.« Erst beim Näherkommen sah

Tom den zweiten Körper, welcher gerade zu Boden gefallen war.

»Oh mein Gott! Ich dachte, du wolltest, ich meine ... «, Thomas stammelte vor sich hin.

»Lauf zum Doktor, wir brauchen Hilfe. Vielleicht lebt er noch. Beil dich!«

Ben konnte es nicht fassen, wieso saß er jetzt auf dem Polizeirevier? Er hatte den reisenden Landarbeiter, er hieß Karl, versucht zu retten und nicht umzubringen. Denn das war mittlerweile klar, die Würgemale an Karls Hals stammten zwar auch vom Hanfseil, aber getötet hatten ihn bloße Hände, welche ihn mit ungeheurer Kraft erwürgt hatten.

Thomas hatte seine Aussage schon gemacht. Sie hielten ihn für einen wichtigen Zeugen, denn gestern Abend hatte er einen Streit auf dem Dorffest beobachtet. Karl hatte anscheinend Rosi umgarnt, die Tochter des Schusters, was allerdings ihrem Verlobten gar nicht gefiel. Ein wenig Bier tat sein übriges und so wurde der immer freundliche Paul zum Schläger und versuchte dem Fremden mit der Macht seiner Faust klar zu machen, dass es sich hier um seine Liebste handelte.

Thomas wartete schon vor der Polizeiwache auf ihn, als Ben endlich gehen durfte und nicht mehr als Verdächtiger galt.

Er klopfte ihm auf die Schulter. »Komm, du bist schließlich wieder ein freier Mann, lass uns den Rest des Tages genießen.«

»Das klingt zwar sehr verlockend, aber wenn ich nicht bald bei meinem Vater auftauche, wird es mir vermutlich so gehen wie Karl.« Ben schüttelte den Kopf, er konnte immer noch nicht glauben, was hier heute passiert war.

»Du hast es gestern Abend nicht mitbekommen, aber es war unglaublich. Paul ist komplett wahnsinnig geworden, der kleine Kerl ist auf Karl losgegangen wie eine Bache, die ihre Jungen beschützt. Er hat immer und immer wieder auf ihn eingeschlagen. Karl hatte sich weggedreht, so dass er nur immer die eine

Gesichtshälfte traf, aber es muss dennoch höllisch geschmerzt haben.«

»Moment, Moment, nur eine Gesichtshälfte?«

»Ja, dann hat Karl ihn gepackt, hochgehoben und auf den Boden geworfen und sich auf ihn gesetzt. Zwei, drei gezielte Fausthiebe von dem schlaksigen Kerl und Paul war ohnmächtig.« Thomas zuckte mit den Schultern. »Sag mal, hast du denn nichts davon mitbekommen, das halbe Dorf hat es gesehen. Karl ist dann aufgestanden, hat sein Bier genommen und ist einfach mit dem Krug verschwunden.«

»Aber das kann nicht sein, ich war nicht da, dennoch habe ich das Gesicht von Karl heute Morgen gesehen. Jemand hat ihm ernsthaft das Gesicht zertrümmert, auf beiden Seiten.«

»Das würde ja heißen, dass Paul nicht Rache genommen hat, oder?« Thomas blieb stehen und schaute seinen Freund verwirrt an. »Wir müssen jemandem davon erzählen!«

»Es könnte schon sein, dass er es dennoch war, aber es sind zumindest berechtigte Zweifel. Lass uns zu Johann laufen, er kennt ihn am besten, schließlich ist er sein Bruder. Hoffentlich weiß er, was mit Paul gestern los war.«

Der Hof der beiden Brüder war schnell erreicht. Gerade, als Thomas an der Tür klopfen wollte, drückte Ben seinen Arm wieder nach unten. »Warte!« Ben flüsterte und legte einen Finger vor seinen Mund, bevor sich beide unter dem Küchenfenster in Lauschposition begaben. »Ich glaube, ich habe da etwas Aufschlussreiches gehört, sei leise.«

»Johann, wir sollten mit deiner Hand zum Arzt gehen.«

»Sei still, Weib!«, herrschte eine energische Stimme sie an. »Du weißt genau so gut wie ich, dass das nicht geht oder soll ich dem Doktor etwa erklären, dass ich gestern den Landarbeiter erst niedergeschlagen habe und er mir dann in die Hand gebissen hat, als ich ihn erwürgt habe?«

»Nein, natürlich nicht, und wir haben ja auch beide beschlossen, dass es der richtige Weg ist. Paul wandert für ein paar Jahre ins Gefängnis und dir fällt rechtmäßig das Gestüt zu.«

»Endlich, es wird aber auch Zeit, dass dieser Weichling von einem älteren Bruder die Führung des Hofes abgibt, soll er doch seine verdammten Bilder im Knast malen und dort Künstler sein. Es wird endlich Zeit, dass dem wahren Hausherrn die Pferdezucht überlassen wird. Dann können wir am Ende doch bei beim alten Bahr die neuen Räder ordern und uns vergrößern.«

Mehr brauchten die beiden Burschen nicht zu hören, ein verschwörerisches Nicken und die Jungs schlichen sich wieder vom Hof herunter.

»Hast du das auch so verstanden wie ich gerade?« Thomas war fassungslos. »Wir müssen wieder zur Polizei, wir haben den Fall gelöst!«

»Oh ja, das haben wir und es wird eine böses Erwachen geben für den neuen Gestütsbesitzer.«

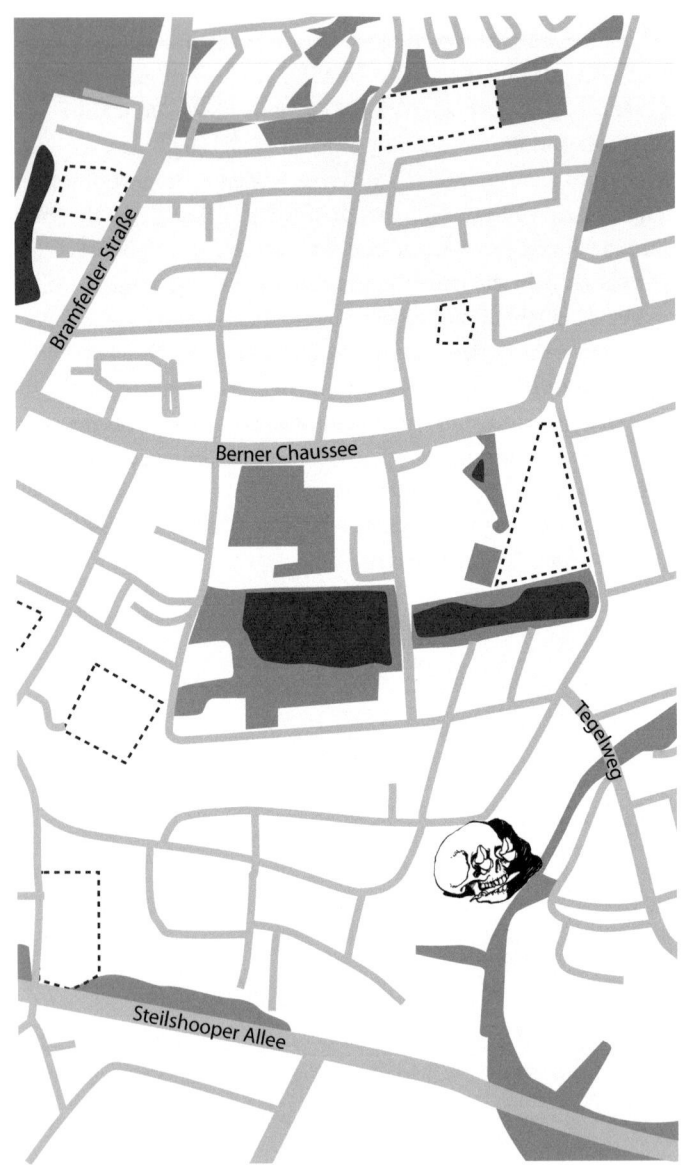

Der Knopf
Bernd Ockert

Es donnerte in der Ferne. Der 16-jährige Philipp hatte auf der Weide des Bauern Kruse die Orientierung verloren und blieb nun stehen, um den Gewitterregen abzuwarten. Nass bis auf die Haut war er schon, als der Guss schlagartig endete. Philipp hielt Ausschau. Er wollte sein Pferd für die Reitstunde einfangen, das Halbblut Chevalier, einen schwarzen Wallach mit einer Blesse auf der Stirn. Jeder Schritt mit den Reitstiefeln war beschwerlich, der aufgeweichte Boden schien sich an seinen Füßen festzusaugen. Dann riss der Himmel auf. Durch ein Wolkenfenster sah der Junge das Pferd, das in der Nähe eines Ginsterbusches Schutz gefunden hatte. Das Tier schien durch das Gewitter verängstigt zu sein und schnaubte nervös, als sich Philipp näherte. Beruhigend redete er auf Chevalier ein. Als er dem Rappen die Trense anlegen wollte, stieg dieser jedoch hoch und donnerte mit seinen Hufen wieder herunter, nur Zentimeter am Kopf von Philipp vorbei. Unwillkürlich hatte Philipp sich wie eine Katze auf alle Viere fallen lassen und hielt die Hände schützend über seinen Kopf, den Blick auf den Boden.

Plötzlich sah er etwas unter dem Ginsterbusch blitzen. Einen Knopf, messingfarben, von den Sturzbächen des Schauers an die Oberfläche gespült. Er hob das Fundstück auf und drehte es in der Hand hin und her. Ein verschlungenes N, wie Napoleon. Vielleicht gab es hier noch mehr. Einen Schatz unterm Ginsterbusch? Er schaufelte mit bloßen Händen das lockere Erdreich beiseite und stockte dann. Da war doch etwas. Er fühlte eine blanke abrundete Fläche und grub weiter. Eine Schale vielleicht? Nein, er schaute in die leeren Augenhöhlen eines Schädels. Und erschrak. Sein Herz raste, seine Gedanken drehten sich im Kreis. Ein Toter. Was war hier geschehen? Hektisch warf er den Schädel wieder in das Loch und bedeckte ihn mit Erde. Das Pferd hatte er in der Aufregung vergessen, aber es stand ruhig am Ginster und ließ sich jetzt mit Trense über das wasserglatte Gras zum Reitstall führen.

In der Reitstunde gehorchte Chevalier ihm ohne Zicken. Die Lehrerin lobte Philipp vor allen Schülern, das hatte sie noch nie getan. Sogar eine Mitschülerin aus seiner Klasse, Lara, die hübsche braunäugige Lara, hatte ihn mit einem anerkennenden Blick bedacht. Sie kam sogar nach der Reitstunde noch in den Stall, wo Philipp mit dem Ausmisten beschäftigt war, ein Schüler-Job, gutes Geld für die Reitstunden. »Du sahst ganz locker auf dem Rappen aus«, kommentierte sie. Philipp errötete. »Hier, ich möchte dir etwas zeigen«, brachte er atemlos heraus und wühlte in seiner Hosentasche. »Schau, diesen Knopf habe ich heute auf der Weide gefunden.«»Wow«, bewunderte Lara das Metallstück. »Hast du Lust auf ein Eis, Lara? Ich bin gleich hier fertig.« »Gern, ich warte bei den Rädern.«

Nach dem Treffen fühlte Philipp ständig nach dem Knopf in seiner Hosentasche Er spürte, dass er ihm Glück brachte.

Der Geschichtslehrer Herr West erwischte Philipp, als dieser am nächsten Tag den Knopf nochmals Lara zeigte »Wo hast du den denn gefunden? Waren da noch mehr?« »Nein, aber … Das müssen Sie sich selbst anschauen. Ist es ein besonderer Knopf?« »Nun, er könnte von einer Uniform stammen, Philipp.« Sie verabredeten sich für den Nachmittag. Am Ginsterbusch zeigte Philipp seinem Lehrer die aufgewühlte Stelle in der Wiese. Herr West, bewaffnet mit Schaufel und Lupe, bückte sich und fing gleich an zu graben. Dann stockte er: Ein menschlicher Schädel tauchte langsam aus dem Erdreich auf. »Mein Gott, Philipp, ein Toter«, stammelte er. Er hob den Schädel aus dem Erdreich und drehte ihn vorsichtig hin und her. Den Hinterkopf sah er sich mit der Lupe genauer an.»Da fehlt ja ein Stück! Ein künstliches Loch. Das kann Mord gewesen sein! Allerdings schon vor langer

Zeit!« » Was ist zu tun?«, fragte Philipp unsicher. »Wir verbuddeln alles wieder und gehen jetzt zum Hamburg-Museum, die haben bestimmt großes Interesse. Vergiss nicht den Knopf, damit man uns auch glaubt.«

Die Direktorin verlor ihren skeptischen Blick, als Philipp den Uniformknopf auf den Tisch legte. Sie sprang auf und bat die beiden Hobbyarchäologen, ihr zu folgen. Im Archiv zeigte sie den Knopf der jungen Historikerin Anja Eckhoff, die mit glitzernden Augen das Stück begutachtete. Sie trommelte ihre Crew zusammen, die den Fundort untersuchen sollten und informierte auch die Mordkommission. Die Gerichtsmedizin würde dann die Überreste untersuchen. Am Ginsterbusch angekommen, schauten sich die Wissenschaftler den Fund an und schätzten das Alter auch auf die napoleonische Zeit, ca. 1807. Philipp sah ihnen zu, bis ihm jemand auf die Schulter klopfte. Lara. Sie hatte ihn bei der kleinen Gruppe auf der Weide stehen sehen und war neugierig, was es dort gab. Mit großen Augen starrte sie den Schädel an. »Von dem hast du mir ja gar nichts erzählt«, schmollte sie. »Durfte ich doch nicht? Willst du mir denn bei der Recherche helfen, da gibt es noch jede Menge offene Fragen.« »Gerne«, strahlte sie Er konnte sein Glück kaum glauben, er hatte einen historischen Schatz gefunden – und Lara, die ihm anscheinend auch sehr zugetan war.

In dieser Nacht kam der Albtraum zum ersten Mal. Immer wieder sah Philipp das Bild einen französischen Soldaten, der vom Pferd stürzte und regungslos liegen blieb. Er wachte schweißgebadet auf. Wahrscheinlich hatte ihm seine Fantasie einen Streich gespielt. Im Café Sommerliebe im Brakula trafen sich Anja Eckhoff, Ralf West, Lara und Philipp und beratschlagten, wie sie am Besten den Namen des französischen Offiziers herausbekommen könnten. Der Lehrer hatte die zündende Idee. »Es gab doch eine wichtige Zeitung hier in Hamburg, den Hamburgischen ...« »Korrespondenten«, ergänzte Anja. Im Staatsarchiv wurden sie fündig. Ein Hauptmann Albert Jacques Boissard wurde vermisst, seit Juni 1809. Der Bauer Petersen wurde in Reinbek vom dortigen Amtmann befragt, da der besagte Offizier mit fünf Soldaten auf dem Petersen-Hof einquartiert gewesen war. Er sei am dritten Juni bei ihm losgeritten, was sein Knecht Arnold bestätigte. Aber sie wussten alle, dass es sich so nicht abgespielt haben konnte. »Wieso hat jemand aus Reinbek den Bauern verhört und niemand aus Hamburg?«, fragte Philipp. »Bramfeld gehörte damals zu Dänemark und war mit Napoleon verbündet«, erklärte Frau Dr. Eckhoff nachdenklich. »Könnte nicht auch etwas in den alten Kirchenbüchern verzeichnet sein? Welche Kirche käme da in Betracht?« »Die Osterkirche«, antwortete Philipp. »Ich kenne die Pastorin und werde sie fragen«, bot Lara an. Der Anruf der Gerichtsmedizin unterbrach das Gespräch. Nach der Radio-Carbon-Methode musste der Schädel vermutlich aus dem Jahre 1810 stammen. Über die Todesursache ließ man sich nur vage aus. Ein Schlag auf den Kopf oder ein unglücklicher Sturz. Lara hatte zwar keinen Erfolg mit ihrem Anruf bei der Osterkirche, aber einen Hinweis erhalten: Die älteren Unterlagen waren in Bergstedt, der Kirche, die früher für Bramfeld und Umgebung zuständig war. Der Pastor von Bergstedt beabsichtigte, im Kirchenbucharchiv nachzuschauen. Das würde einige Tage dauern.

In den folgenden Nächten schlief Philipp schlecht, der Albtraum mit dem französischen Soldaten wiederholte sich. Müde, wie gerädert erwachte er. Am Vormittag meldete sich der Bergstedter Pastor auf Laras Handy. Er habe etwas gefunden, ob sie gleich kommen könnten. Er verlas ein Vermächtnis des Bauern Petersen aus dem Jahre 1830: »Ich, Ole Petersen, hatte im Jahre 1809 eine Einquartierung von französischen Soldaten unter Führung des Hauptmannes Albert Jacques Boissard auf meinem Hof. Meine 17-jährige Tochter Heike fühlte sich stark zu dem gut aussehenden Offizier hingezogen und begann eine Liebelei mit ihm. Als sie schwanger wurde und ihr Zustand kaum mehr zu verheimlichen war, vertraute sie sich mir an. Ich stellte den Offizier zur Rede, der versprach, sie zu heiraten. Am frühen nebeligen Morgen des nächsten Tages jedoch versuchte sich der Offizier davon zu machen. Die Soldaten waren vorangeritten, der Offizier wollte später folgen. Ich versperrte ihm den Weg, als der Hauptmann gerade aufsteigen wollte. Das Pferd scheute und warf seinen Reiter ab. Dieser fiel so unglücklich auf die halbhohe Begrenzungsmauer der Boxen, dass er sofort tot war. Zusammen mit dem Knecht begrub ich den Toten auf der nebligen Weide. Eine spätere Kontrolle des französischen Militärs befreite uns von jedem Verdacht. Meine schwangere Tochter wurde zu meiner Älteren gebracht, um das Kind auszutragen, einen Jungen. Ich verfüge, dass alle meine männlichen Nachkommen als zweiten Namen Albert tragen sollen.«»Laut Kirchenbuch wurde das auch eingehalten«, ergänzte der Pfarrer nach einer Pause. »Ob es heute noch gilt, weiß ich nicht.« »Aber ich weiß es«, sagte Philipp leise. »Mein Name ist Philipp Albert Petersen-Kraft und mein Vater und Großvater trugen ebenfalls den Zweitnamen Albert.« Das sei Familientradition.

Philipp Albert trat vor, um auch seine Andacht am Grab seines Vorfahren zu halten. Anstelle des üblichen Sandes warf er den Uniformknopf klickend auf den Holzsarg. Er wusste, die Albträume würden vorbei sein.

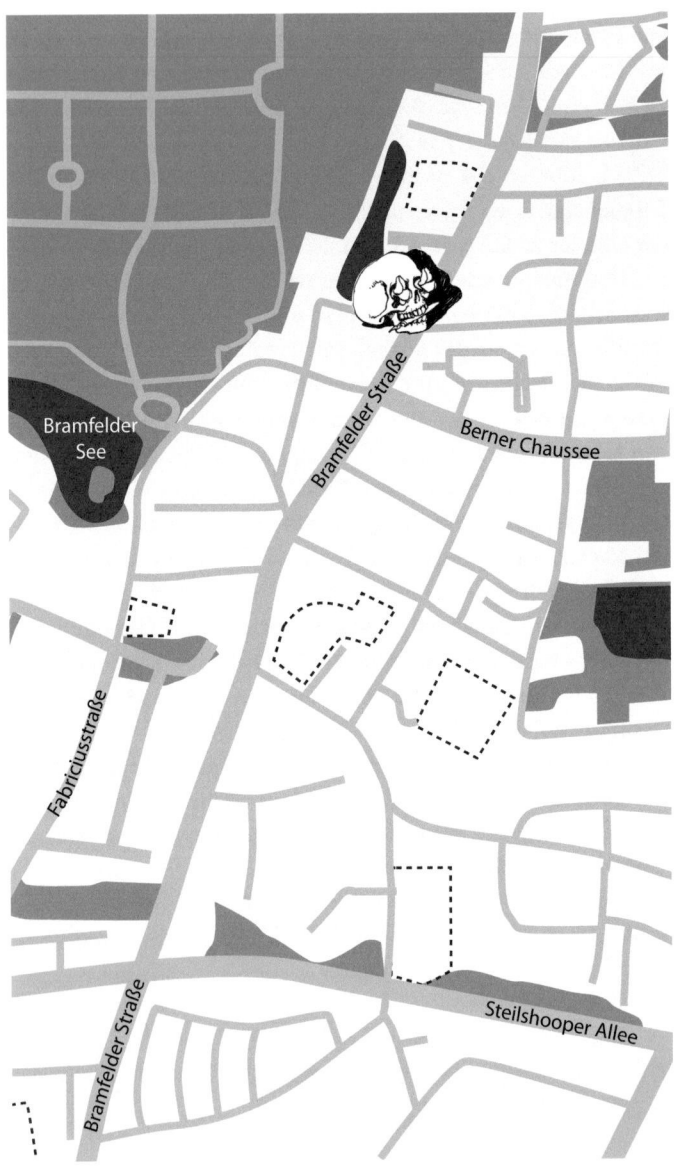

Der tote Mönch
Dirk Ludewig

Es musste ja so kommen, ich wusste es. Und jetzt war es passiert. Oft, wenn ich morgens am kleinen Bramfelder See mit dem Hund Gassi ging, dachte ich an den Mann im Baum.

Aber das ist lange her. Damals war ich Feldjäger bei der Bundeswehr, ich hatte Weihnachten Bereitschaft und wir wurden zu ihm gerufen. Da hing er im Baum, das Seil um den Hals und er war ganz mit Raureif überzogen. Ein Bild wie aus dem Film »Tanz der Vampire«, das vergisst man nicht.

Seitdem erwartete ich förmlich, dass mir das wieder passierte, dass, wenn ich früh morgens meine Runde um den See machte, wieder einer im Baum hing, dass da einer im Gebüsch lag oder im See treib. Dabei war der See frühmorgens so friedlich. Egal zu welcher Jahreszeit. Im Sommer, wenn es schon hell war und die Enten schnatterten, im Herbst, wenn das Laub bunt war und Nebel über dem Spiegel des Sees lag. Im Winter, wenn alles ganz still, der See oft zugefroren und trotz der Dunkelheit ein Stück Heimat war. Oder wenn, wie jetzt im Frühling, die Vögel zwitscherten, wenn alles grünte und blühte - und dann war er auf einmal da, der tote Mönch.

Ich wollte sofort die Polizei anrufen, das machte man ja so, aber das Handy war natürlich zu Hause geblieben und sonst war auch niemand zu sehen, der hätte telefonieren können.

So hielt ich den Hund an der kurzen Leine und betrachtete den toten Mönch. Es war so unwirklich. Der friedliche See, das Schnattern der Enten, das Zwitschern der Vögel. Ein Graureiher erhob sich aus dem Wasser, um zu der Insel im großen See zurückzukehren. Die freundliche Morgensonne und dann der tote Mönch. Wieso ausgerechnet ein Mönch? Woher kam der denn? Ein Mönch. Hier in Hamburg. Frühmorgens am kleinen Bramfelder See. Ich hatte mit Vielem gerechnet. Ich war darauf vorbereitet, hier einmal einen Toten zu finden. Aber ein Mönch, darauf war ich nicht gefasst.

So friedlich schien Bramfeld also nicht mehr zu sein und ein Dorf schon gar nicht. Nachts konnte man hier oft Lärm hören. Die jungen Leute feierten am See, auch Schüsse oder Knaller waren zu hören, ich konnte das nicht so genau unterscheiden, aber man erschrak dann schon. Einmal hatte ein Freund von mir im Schweinske auf der Toilette, in einer Lücke in der Wand, ein blutiges Messer gefunden, und das ist wahr. Die Polizei war auch da.

Aber ein toter Mönch, so etwas hatte es in ganz Hamburg wohl noch nicht gegeben. Jetzt passierte mir das, hier in Bramfeld, hier am kleinen See.

Ich setzte mich auf eine Bank. Ich war immer noch allein. Der See schien weiterhin friedlich, die Vögel sangen und zwitscherten ununterbrochen.

Für einen Augenblick fühlte ich mich beobachtet. War der Täter noch hier? Mein Hund war ruhig - ich nicht. Aber ich blieb sitzen. Ein Mönch. Dass es ein Mönch war, war klar. Das sah ich irgendwie deutlich, will ich meinen, aber was für ein Mönch war das? Jakobiner, Franziskaner, Benediktiner, Kapuziner? Welche Mönche gab es in Hamburg? Gab es überhaupt noch Mönche in Hamburg? Oder war er ein Fremder? Wie kam er hierher? Einen Mönch hatte ich in Bramfeld jedenfalls noch nie gesehen.

Dann dachte ich auf einmal an den großen Bramfelder See. Unbekannte hatten da einmal das ganze Wasser heraus laufen lassen. Ich meine jedenfalls, dass es Unbekannte waren, jedenfalls war mir nicht bekannt, dass man die Täter gefasst hätte. Vielleicht waren es Jugendliche, die sich einen bösen Spaß machten, oder ein Naturschützer, der erreichen wollte, dass der See renaturiert wird. Jedenfalls waren in dem Winter ohne Wasser im See alle Schildkröten eingegangen, die hier aber auch nicht heimisch waren. Es gab auch Gerüchte, dass es jemand vom ansässigen Angelverein hätte sein können. Später wurden jedenfalls wieder ordentlich Fische eingesetzt. Aber es blieb ein Rätsel, wer für den leeren See verantwortlich war und warum es auch niemand bemerkt hatte, dass das Wasser wegfloss. Auf jeden Fall war der große Bramfelder See leer und - war das ein Zufall? - es war ein Mönch im Spiel.

Bei einem naturkundlichen Rundgang um den See hatte ich mir erklären lassen, dass eine Schleuse am See, an der man den Wasserstand regulieren konnte, richtigerweise »Mönch« genannt wird. Das hinge mit der Geschichte der Seen zusammen. Die Seen wären außerdem auch gar keine Seen, die wären nämlich natürlichen Ursprungs, sondern vielmehr Teiche, die künstlich angelegt worden wären.

Und die Mönche seien die ersten gewesen, die solche Teiche bewirtschafteten, um ihren kargen Speiseplan mit Fisch aufzubessern. Die Mönche von damals waren verschwunden, geblieben war der Name.

Dann war da auch noch die Rede von einem versunkenen Grab im See. Es schien, als umgebe die Bramfelder Seen etwas Mystisches, gar etwas Übernatürliches. Die Reste dieses alten Grabes wären wieder im Schlamm des ausgelaufenen Sees zu sehen gewesen. Gräber und Mönche, mich schauderte. Ich dachte an die alten Filme, schwarzweiß, Edgar Wallace, aber Bramfeld war doch nicht London.

Das Grab und der Mönch passten auch gar nicht zueinander. Es sollte sich nämlich nicht um ein christliches Grab handeln, sondern um ein steinzeitliches. Ein Hügelgrab. Es lief mir kalt den Rücken herunter. Was spielte sich abseits der Bramfelder Seen alles ab? Was war in dieser Gegend schon alles passiert? Was kam zutage, wenn man das Wasser den Grund freigab, wenn man die Erde beiseite kratzte, wenn man unter die Oberfläche schaute?

Gräber, Mönche! Was noch?

Aber war das vielleicht ein Hinweis? Gab es hier einen Zusammenhang? War der tote Mönch ein Zeichen?

Ich beobachtete den See und versuchte festzustellen, ob der Wasserspiegel sank. Ich konnte nichts erkennen. Schnell lief das Wasser wohl nicht ab.

War der Mönch eine Ankündigung? Wie bei der Mafia, wo die tote Katze vor der Haustür auf einen geplanten Mord hinweisen sollte? Sollte der tote Mönch ein Fingerzeig sein, dass dem kleinen Bramfelder See das gleiche Schicksal drohte wie dem großen? War hier die Naturschutzmafia am Werk? Aber war das verhältnismäßig?

Ein Mönchleben für einen Teich ohne Wasser? War der Mönch denn wirklich ein Mönch oder nur verkleidet? Wie war er überhaupt ums Leben gekommen, wurde er umgebracht oder war es nur ein Unfall?

Fragen über Fragen und da war es wieder, dieses Gefühl, dass ich nicht allein war. Da war jemand neben mir. Ich konnte den Atem spüren.

Die Sonne schien mir ins Gesicht. Ich musste aufstehen. Ich musste aufs Klo, Wasser ablassen. Der Wecker klingelte. Sechs Uhr morgens. Der Hund musste raus.

Die Nacht war zu Ende.

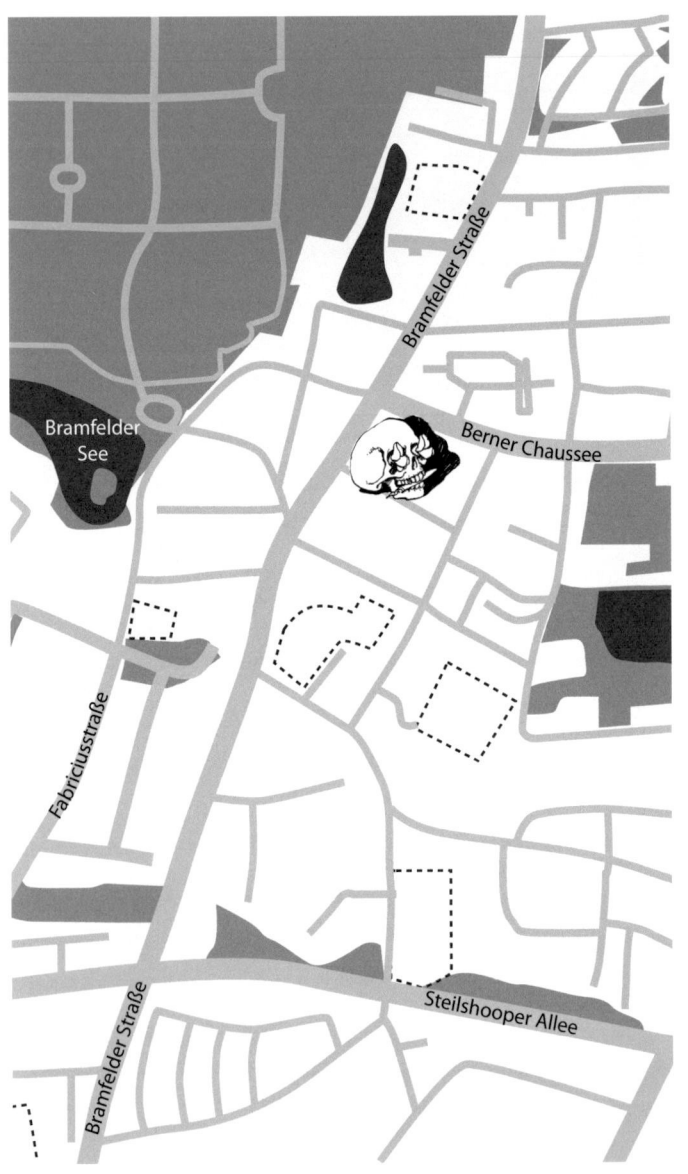

Bramfelder
See

Bramfelder Straße

Berner Chaussee

Fabriciusstraße

Bramfelder Straße

Steilshooper Allee

Die Chance
Tanja Sobersko

Zehn Jahre ist es her. Auf den Tag genau. Uwe Petersen ging die Bramfelder Chaussee entlang, um seine Kneipe in der Berner Chaussee aufzuschließen. Vor zehn Jahren war er auch hier gewesen. Er schloss die Augen, spürte, wie die Tränen in ihm aufstiegen. Vor zehn Jahren sah die Bramfelder Chaussee mittags um ein Uhr ganz anders aus. Krankenwagen, Feuerwehr, sogar ein Rettungshubschrauber war gelandet. Doch es hatte alles nichts mehr genützt. Seine Tochter Emily starb noch am Unfallort. Mitten auf der Bramfelder Chaussee, mittags um eins. Er bog ab in die Berner Chaussee. Die Zeugen waren sich nicht einig. Manche sagten, es war ein Porsche, andere sprachen von einem Ferrari. Aber einig waren sich alle beim Tempo. Er war zu schnell gefahren, viel zu schnell. Uwe war fast da. Vor ihm erschien das Schild »Sorgenbrecher«. Der Name war nicht seine Idee gewesen. Als er die Kneipe angeboten bekam, hieß sie bereits so. Er hatte keine Motivation und auch keinen Grund, sie umzubenennen. Das war vor fünf Jahren gewesen, nachdem der Schmerz und die Trauer um den Tod seiner Tochter seine Ehe zerstört und ihn den Job gekostet hatten. Er hatte viel getrunken damals. Zu einer Zeit, als der Schmerz so übermächtig war, dass er meinte, es würde ihn zerreißen. Er hätte den ganzen Tag schreien wollen. Aber er schrie nicht – er trank.

Emily war neun. Sie war gerade in die vierte Klasse gekommen. Es war ihr sehnlichster Wunsch gewesen, den Schulweg nun, wie ihre Klassenkameraden, allein zu gehen. Uwe war dagegen, Kirsten, seine Frau, dafür. Es sei ja nicht weit, hatte sie noch gesagt. Und: Emily passt schon auf. Ja, dachte Uwe zynisch, als er den Schlüssel ins Schloss vom »Sorgenbrecher« steckte und aufschloss, ja, Emily passte auf. Aber der Irre nicht. Er trat in den kühlen, dunklen Raum und atmete tief ein. Abgestandene Kneipenluft füllte seine Lungen, es roch nach Bier und Reinigungsmitteln, aber es tat gut. Es holte ihn ein Stück ins Hier und Jetzt zurück. Die Kneipe war nun sein Zuhause. Tief in seinem Innern machte er Kirsten mit verantwortlich. Natürlich, der Irre hatte seine Tochter Emily überfahren, aber Kirsten hatte sie allein gehen lassen. Uwe konnte seiner Frau kein Halt sein. Sie trauerten nicht gemeinsam. Da waren nur noch stille Vorwürfe. Drei Jahre nach Emilys Tod verließ ihn seine Frau. Seinen Job hatte er kurz zuvor im wahrsten Sinne des Wortes versoffen. Bei einer angesehenen Bank kann man niemanden gebrauchen, der nach Schnaps riecht. Uwe war sicher, dass er es geschafft hätte, sich zu Tode zu saufen. Doch der rettende Engel erschien in Gestalt seines besten Freundes.

Harald hatte diese Kneipe, den »Sorgenbrecher«. Uwe hatte es immer vermieden, sich dort volllaufen zu lassen. Egal, wie tief er gesunken war, sich vor den Augen seines besten Freundes zu erniedrigen, kam nicht infrage. Aber Harald wusste es natürlich trotzdem. Bramfeld war klein und Harald entging nichts. Eines Tages, als Uwe sich mal wieder in den »Sorgenbrecher« traute – er bestellte Wasser oder Kaffee, aber niemals etwas Hartes – überraschte Harald ihn mit diesem Angebot.

»Hör zu«, sagte er plötzlich, »ich weiß, wie es um dich steht. Deine Tochter, deine Frau, dein Job. Ich mache hier nicht mehr lange. Ich biete dir diesen Laden zur lebenslangen Pacht an. Wenn ich sterbe, gehört er dir. Die einzige Bedingung: Du musst trocken sein. Wenn du's versaust, nehm ich dir den Laden wieder ab und du kannst sehen, wo du bleibst. Schmeiß dich vor'n Zug, sauf dich zu Tode – mir egal. Ich biete dir eine Chance.«

Das sagte Harald und wandte sich dann wieder seiner Zapfanlage zu, denn er erwartete keine Antwort, nicht in der Nacht. Uwe ging nach Hause. Er dachte nach. Er erwog die Option, sich vor den Zug zu werfen. Eine Zeitlang sah es so aus, als wäre es die bessere Lösung. Doch beim Morgengrauen fasste er einen Entschluss.

Seither ist Uwe Petersen trocken. Er war Mitglied der Anonymen Alkoholiker, hatte keine Tochter mehr, keine Frau, - aber er hatte eine Kneipe. In der er jetzt die Kerzen auf die Tische stellt, den Tresen abwischt, nochmal durchfegt, die Zapfanlage überprüft und dann langsam das Handtuch greift, um anzufangen, die Gläser zu polieren. Und nichts wird sich mehr ereignen, keine Chance. Wenn es zu dämmern beginnt, trudeln normalerweise die ersten Stammgäste ein. Werner, der nimmt immer den Eckplatz neben der Theke. Und natürlich Rudi, jede Kneipe hat einen Rudi. Rudi hat Spaß am Daddelautomaten und manchmal muss Uwe aufpassen, dass er nicht zu viel Spaß hat. Sonst macht Erika – Rudis Frau – ihm wieder die Hölle heiß. Und dann dieser Neue. Er war noch nie zuvor im »Sorgenbrecher«. Da ist sich Uwe Petersen sicher.

Er hatte gerade das erste Glas fertig poliert und zurück auf das Regal gestellt, da kam der Neue herein. Uwe nennt ihn in Gedanken so, da er es ansonsten nur mit Stammgästen zu tun hatte. Aber diesen hier kannte er nicht. Er kam letzte Woche zum ersten Mal in den »Sorgenbrecher«, trank ziemlich viel. Wie jemand, der gern vergessen will. Diese Art des Trinkens war Uwe wohlbekannt. Auch heute bestellte er, kaum dass er am Tresen Platz genommen hatte, Bier und Korn. Beim Einschenken des klaren, kalten Alkohols überkam Uwe das plötzliche Verlangen, ihn sich zu nehmen und in einem Schluck hinunterzustürzen. Das kam immer wieder mal vor. Uwe fragte sich, weshalb er es gerade jetzt verspürte. Er stellte die vollen Gläser vor seinem neuen Gast ab und wünschte nur knapp »wohl bekomm's« und wandte sich dann wieder dem Polieren zu. Uwe sah nach einer Weile aus dem Augenwinkel zu dem Mann hinüber. Braun gebrannt war er und ungefähr in seinem Alter. Er trug Schmuck, sah etwas nach Geld aus. Uwe hatte die Stereoanlage angestellt. Ein Versuch, einem tiefenpsychologischen Gast-Barmann-Gespräch zu entgehen. Doch der Versuch schlug fehl.

»Hey, trink einen mit«, rief sein braungebrannter Gast ihm zu. Uwe legte das Geschirrtuch weg, goss sich ein Glas Mineralwasser ein und prostete ihm zu.

»Nee, ich mein' was Richtiges«, beschwerte er sich. Uwe blickte demonstrativ verwirrt auf sein Glas. »Wieso? Ist doch richtiges Wasser.« Der Fremde winkte ab und bestellte nach. »Is nix los, mit so Leuten, die nich' trinken«, kommentierte der Neue die Ankunft des vollen Bierglases. »Kann ich nicht finden«, erwiderte Uwe. Er beobachtete ihn weiter. Auch die Kleidung sah teuer aus. Markenware.

»Noch eins!« Der Ruf des Neuen riss ihn kurz darauf wieder aus seinen Gedanken. Der ließ sich also wieder voll laufen. Uwe hoffte inständig, dass wenigstens Rudi auftauchen würde, auch wenn der meist nur vor dem Daddelautomaten saß, aber er wollte mit diesem merkwürdigen Typen, der offensichtlich ein Problem hatte, nicht allein sein. Die CD in der Hi-Fi-Anlage begann wieder von vorn und aus den Lautsprechern dudelte »The Passenger« von Iggy Pop, als der Typ sein frisch gezapftes sechstes Bier an die Lippen führte. Er nahm einen tiefen Schluck, setzte das Glas ab, wischte sich den Schaum von den Lippen und sah Uwe mit glasigem Blick an.

»Is schon geil, wieder zu Hause zu sein«, sinnierte er mit etwas schwerer Zunge. »Nirgendwo schmeckt das Bier so wie Zuhause.«

»Waren Sie weg?«, frage Uwe und bedauerte es im selben Moment, denn er wollte kein Gespräch mit diesem Mann führen. Aber er sah auch ein, dass er einer Unterhaltung nicht mehr länger aus dem Weg gehen konnte. Der Fremde nickte lange und ausgiebig.

»Karibik.« »Oh wie schön«, entfuhr es Uwe, der sich gar nicht sicher war, ob er es auch so meinte. »Pffft«, sein Gegenüber stieß verächtlich Luft aus. »Im Urlaub vermutlich schon, aber nicht, wenn man Jahre dort verbringen muss.« »Und Sie mussten?«, fragte Uwe. Der Typ stieß ihn ab und faszinierte ihn gleichzeitig. Der Kerl grinste schief.

»Kannst ruhig »Du« sagen. Ich bin Klaus.« Der Fremde, der nun Klaus hieß, streckte Uwe die Hand über den Tresen entgegen. Wieder überfiel Uwe dieses Unbehagen. Nicht nur, dass er seinen Gästen grundsätzlich nie die Hand gab, er wollte gerade diesen Gast überhaupt nicht berühren. Er hob entschuldigend die Schultern, ließ die Hände aber unter dem Tresen, um anzudeuten, dass sie vom Spülwasser nass seien.

»Sorry, aber ich hab hier grad' ... « Der Fremde, der sich als Klaus vorgestellt hatte, winkte mit der ausgestreckten Hand ab und grinste. »Egal.« Er trank weiter und als beim zehnten Bier seine Zunge schwer und die CD bei Uriah Heep war, erzählte Klaus seine Geschichte und Uwe hörte zu – ob er wollte oder nicht.

»Ja, ich musste dort leben«, lallte Klaus. Uwe blickte ihn ungerührt an.

»Karibik«, wiederholte Klaus, der Uwes Blick als fragend deutete. Er trank noch einen Schluck. »Verdammte zehn Jahre lang.« Uwe zuckte unwillkürlich bei dieser Zeitangabe.

»Ja, da guckst du, was?« lallte Klaus weiter. »Aber ging nich' anders. Hab Mist gebaut.« »Steuerhinterziehung?«, fragte Uwe tonlos. Klaus schüttelte den Kopf, dann blickte er lange ins Leere. »Hab's noch nie jemandem erzählt«, begann er verschwörerisch, »aber hast du je von dem Unfall mit Fahrerflucht auf der Bramfelder Chaussee vor zehn Jahren gehört? Das war ich. Als es passiert war, wusste ich: Die buchten dich ein, wenn sie dich finden. Und früher oder später hätten die mich gefunden. Da bin ich weg.«

Uwe Petersen rührte sich nicht. Er sah in Zeitlupe, wie der Mörder seiner Tochter sein Bierglas an die Lippen hob und trank. Er war wie betäubt, nahm kein Geräusch mehr war. Es hämmerte in seinem Kopf: Emily wäre jetzt 19, Emily wäre jetzt 19, Emily wäre … Der Gedanke riss ab. Er konnte Klaus schlucken hören. Bier rann die Kehle des Mannes hinab, der seine Tochter auf dem Gewissen hatte. Es wurde kalt und still – in ihm und um ihn herum. Uwe starrte den Mann auf der anderen Seite des Tresens an. Er wollte etwas tun, er musste etwas tun – aber er konnte nichts tun. Dann sah er plötzlich Emilys Gesicht vor sich, ganz klar und deutlich, als würde sie im Raum stehen. Sie lächelte ihn an und er lächelte zurück. Dann sagte er zu dem Mann am Tresen: »Bin gleich zurück.«

Uwe ging in den Keller, wo er Werkzeug und Geräte für die Gartenpflege untergebracht hatte. Dort stand der Kanister. Er hatte von Harald nicht nur die Kneipe, sondern auch den dazugehörigen kleinen Vorgarten übernommen. Und um dem Unkraut Herr zu werden … Das Pflanzengift E605 war mittlerweile streng verboten, doch Harald konnte noch nie gut Dinge wegwerfen, die eigentlich noch funktionierten und so hatte er Uwe auch den Kanister da gelassen. Uwe nahm ihn, füllte etwas von dem weißen Pulver darin in ein mitgebrachtes Glas und ging nach oben. Als er oben ankam, erschrak Uwe. Der Hocker am Tresen war leer. Dann hörte er die Wasserspülung des Herrenklos und er atmete auf. Sekunden später erschien der Typ in der Tür der Toilette. Zog sich die Jeans zurecht und wandte sich zum Gehen.

»Ich glaube, ich muss dann mal los.« Uwe zitterte am ganzen Körper, als er sagte: »Komm, einen noch, geht aufs Haus.« Der Mann, der sich Klaus genannt hatte, grinste mit glasigem Blick. »O.k., sozusagen 'one for the road'.« Uwe atmete schwer, nahm ein Glas, auf dessen Boden kaum erkennbar weißes Pulver lag und begann, Bier hineinzuzapfen. »Ja, sozusagen 'for the road' …"

'Damals waren es mehr', dachte Uwe bei sich und blickte auf den Rettungswagen und den einen Peterwagen vor seiner Tür.

Die Polizisten, die damit gekommen waren, kannte Uwe. Er hatte sie hin und wieder rufen müssen, wenn es im »Sorgenbrecher« Ärger gab. »Tja«, sagte der eine, »tragisch, tragisch, aber da kann man nix machen. War vermutlich Herzversagen. Hat wohl oft und gerne was getrunken, oder?« Uwe zuckte die Schultern. »Ich habe ihn nicht oft gesehen. Kam vor zwei Wochen das erste Mal. Aber das stimmt, volllaufen lassen hat er sich, wenn er hier war.«

»Schluckspechte hatten wir hier ja schon einige, aber dass sich einer mal tot saufen würde … «

»Ist das Leben nicht unfair?« sinnierte sein Kollege, als hinter ihnen die Leiche im Metallsarg heraus getragen wurde. »Ja«, stimmte Uwe zu und nickte, »meistens ist es das. Aber hin und wieder gibt es uns eine Chance.«

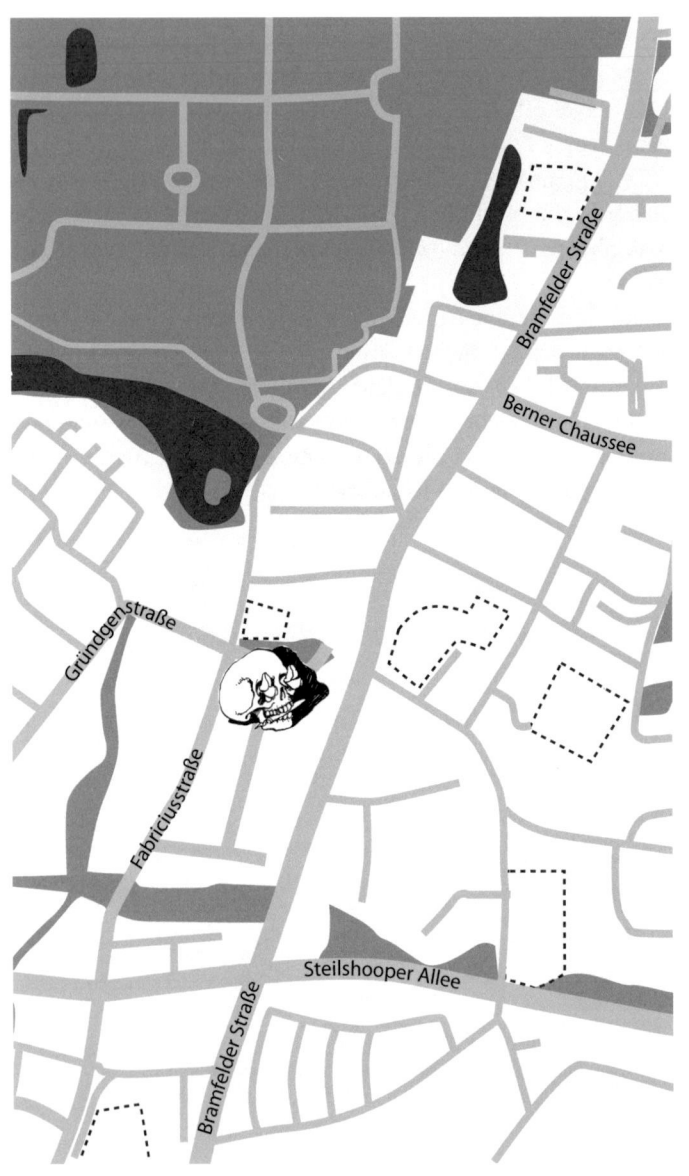

Hinterm Braambusch
Gudrun Wohlrab

Sommer 2019

»Halt.« Timmerhorn schob den Helm mit dem Daumen nach oben und wischte sich den Schweiß von der Stirn. Schon wieder eine Unterbrechung. Bleich schimmerten Gebeine im Matsch der Baugrube. Der Bagger stellte den Betrieb ein und schwenkte seine Schaufel zur Seite. Das viele Wasser in der Senke des Bramfelder Grabens war ohnehin schon verantwortlich für einen äußerst schleppenden Verlauf der Bauarbeiten. Wenn das so weiterging, dann würde sich der Baubeginn der Stadtbahnhaltestelle doch noch bis zum Frost verzögern. Der Fund musste gemeldet werden, sich in Windeseile herumsprechen und Schaulustige und Presse an den Rand der Baugrube locken.

Frühjahr 1953

Walter lehnte sich zurück und blickte auf die Straßenbahngleise vor sich, die sich schon nach wenigen Metern im dichten Nebel verloren. Montagmorgen 7.06 Uhr. Er war voll im Plan. Pünktlich wie immer kam er mit der Linie 9 aus der Stadt durch die Rhabarberfelder. Er mochte seinen Beruf. Es befriedigte ihn, die Leute dahin zu bringen, wohin sie wollten. Es störte ihn nicht, wenn die Quartiersmänner morgens wortkarg bei ihm einstiegen, sich schweigend Richtung Hafen bringen ließen und nach getaner Arbeit gönnte er ihnen das Nickerchen in seiner Bahn. Sie hatten den ganzen Tag Waren in den Speichern begutachtet, sortiert, gereinigt und eingelagert.

Mopper verließ wie jeden Morgen sein Haus, um zur Straßenbahnhaltestelle Krügersredder zu gehen. Er wollte zum Kontor fahren, um sich seinen derzeit besonders erfreulich laufenden Geschäften zu widmen. Er schlug den Mantelkragen hoch, weil die feuchtkalte Nebelluft ihn bereits nach wenigen Schritten frösteln lies. Er rückte seinen Hut zurecht und machte sich mit großen federnden Schritten auf den Weg.

Sommer 2019

Ein kleines neugieriges Grüppchen hatte sich am Rand der Baustelle gebildet, zu der nun auch ein Radfahrer stieß und mit quietschenden Bremsen direkt neben Frau Braam zum Halten kam. »Wunderbar. Geht´s hier endlich los mit dem Bau!« Ein begeistertes Grinsen breitete sich auf seinem Gesicht aus. Zustimmung heischend strahlte er Frau Braam an. Sie hingegen blickte verschlossen zur Baugrube: »Erstmal ruht diese Baustelle wohl. Heute haben sie Knochen gefunden.«

Frühjahr 1953

Nervös ging Hans zum Zeitungskiosk neben der Straßenbahnwendeschleife. Wie jeden Morgen wurde ihm mit einem freundlichen Lächeln die Zeitung herübergereicht: »Morgen. Gute Fahrt!« und fast belanglos hinterher: »Heut´! Heut´ ist Nebel, da passt es.« 7.13 Uhr. Ein paar Minuten hatte er noch und würde sie dafür nutzen, rasch eben die Schlagzeilen durchzugehen, bevor er mit der Bahn wieder losfahren würde. Neben dem Kiosk sammelte sich bereits eine stattliche Anzahl Fahrräder von den Arbeiterinnen, die schon in den frühen Morgenstunden hier an der Endhaltestelle in die Straßenbahn eingestiegen waren. Im Gehen öffnete er die Zeitung.

Durch den Nebel hörte er die Straßenbahn herran nahen. Mopper zückte seine Uhr. Ja, nach ihm konnte man die Uhr stellen. Er kam jeden Tag zu selben Zeit hier entlang. Diese Gegend würde zu einer Goldgrube werden. Die Flächen südlich des Sees hatte er im Kasten und die restlichen Freiflächen von Bramfeld war er ebenfalls im Begriff, sich unter den Nagel zu reißen. Die Dorfdeppen hier hatten doch alle nicht die Zeichen der Zeit verstanden. In Kürze würde Hamburg mit diesem Stadtteil so eng verwoben sein, dass der Wert von Grundbesitz in schwindelnde Höhen steigen würde. Wohnen im Grünen, arbeiten in der nahen Großstadt. Es würde eine wundervolle Gegend voller prachtvoller Villen werden. Vornehme, bekannte Persönlichkeiten würden bei ihm Schlange stehen. Vor seinem inneren Auge entstand ein edles Zentrum mit noblen Geschäften, ein exklusiver Park am See und vielleicht könnte man hinter der Osterkirche einen Golfplatz anlegen. Sein eigenes Grundstück mit seiner Lage zwischen Dorfplatz und See würde eine enorme Aufwertung erfahren und er wäre bis an sein Lebensende saniert. Voller Vorfreude fuhr er sich mit der Zunge über die Lippen. Durch seine Initiative würde endlich Geld in diesen finstern Flecken geschwemmt werden. Man würde ihn auf Händen tragen.

Sommer 2019

»Wie bitte, Frau Braam?« Herr Brook beugte sich neugierig herüber und ließ souverän den Schlüssel seines Elektromobils um den Finger kreisen. Ein schriller Ton durchschnitt aufdringlich die Luft. Erschrocken blickte er sich um: »Was war das denn?« Frau Braam beruhigte ihn: »Ach, das. Die bauen die Musikanlage drüben auf der Kulturinsel für »Bramfeld feiert« auf. Das ist immer ganz nett. Da gehen wir auch gern hin.« »So.« Herr Brook begann sich wieder für die Baugrube zu interessieren: »Und das hier? Warum geht's hier nicht weiter?« Frau Braam berichtete von dem Knochenfund und Herr Brooks Blick verdüsterte sich. Eine schemenhafte Erinnerung pochte gegen seinen Hinterkopf.

Frühjahr 1953

Hans prüfte die Uhrzeit, faltete die Zeitung zusammen und bestieg seine Bahn. Jetzt, nun musste er abfahren, wenn es klappen sollte. Die Bahn ratterte den Hang hinunter auf den Zaun des Ohlsdorfer Friedhofs zu und legte sich quietschend in die

Kurve. Am Bramfelder See hüllte der Nebel die Straße besonders dicht ein. An dieser Haltestelle stiegen jetzt nur zwei zu und niemand stieg aus. Er fuhr wieder an. Der Triebwagenschaffner wollte schon protestieren, aber Hans sagte so locker wie möglich: »Komm, Kurt, was soll`s. Nach dem See wird der Nebel eh gleich wieder weniger. Das liegt gleich hinter uns. Wozu extra aussteigen.« Eigentlich müsste auf dieser eingleisigen Strecke bei Nebel der Triebwagenschaffner nebenher gehen und unter ständigem Läuten Schritt gefahren werden, um die aus der entgegengesetzten Richtung herannahende Bahn zu warnen. Trotz des Nebels konnte Hans das Signalzeichen mit dem weiß leuchtenden liegenden Balken, der die Strecke sperrte, gut erkennen und überfuhr das Signal in voller Absicht. Jetzt musste nur noch Walter mitspielen.

Sommer 2019

Das E-Bike schnurrte um die Ecke und hielt auf den Fahrradparkplatz in der Dorfpassage zu. Da schmetterte es ihr auch schon entgegen: »Hertha, ich hab hier noch ein Tischchen für uns ergattert!« Aha, wie immer war Hedwig schon überpünktlich zu ihrem Kaffeekränzchen erschienen. Sie setzte sich zu ihr: »Hast du schon gehört? Sie haben was auf der Baustelle gefunden. Die machen erstmal nicht weiter.« »Nein, ich habe gar nichts gehört. Ich mache doch bei diesem Generationenprojekt mit. Was haben sie denn gefunden?« Neugierig sah sie Hedwig an. »Knochen«, erwiderte diese trocken. »Vielleicht ist das endlich mein Onkel. Der ist damals verschwunden, als sie die Stadtbahn zurückgestellt haben. Sein Laden an der Chaussee hätte den Publikumsverkehr durch die Verkehrsanbindung dringend gebraucht. Erst sah es so aus, als wenn er sein Konto geräumt hätte und gegangen wäre, aber hier hat niemand je von ihm wieder gehört und dann fingen die Tuscheleien an. Vielleicht hat ihn ja jemand um die Ecke gebracht und macht sich mit seinem Guthaben nun ein schönes Leben.«

Frühjahr 1953

So langsam wurde es unangenehm hinter dem feuchten Busch. Heinz und Hinnerk lauschten erwartungsvoll in den dichten Nebel und nickten, als sie die über die Gleise ratternde Straßenbahn aus der Stadt kommen hörten. Auf der anderen Straßenseite flüsterte eine Frauenstimme: »Käthe, ik weet nich.« Und erhielt ein gezischtes: »Reiß di tosom, Anna und schieb mi die Karre nich inne Hacken«, das überdeutlich durch die feuchtschwere Morgenluft schallte. »Dat hebbt wi so besnackt. Un nu ward dat so mockt und nich anners. Vorgestern wort Friedel un Willi dran west, gestern Korl und sin Helga un heut´ hebbt wi den Salat. Nu hebbt wie Nebelweder und sün denn dormit durch.«

Sommer 2019

Jonas stellte seinen Instrumentenkoffer neben das Wasserbecken der Wasserspiele auf dem Bramfelder Dorfplatz. Er setzte sich auf den Rand, ließ gedankenverloren seine Hand durch das kühle Wasser gleiten und wartete auf Jakob. Ob sie endlich Omi gefunden hatten? Damals, als die Chaussee noch nicht tiefer gelegt und überdeckelt worden war, gab es hier richtige Überschwemmungen, wenn im Sommer der Starkregen fiel. Dann schwoll der Bach im Bramfelder Graben mächtig an. An so einem Tag war die tüddelige Omi verschwunden. Sie war immer gern im Grünen spazieren gegangen und vielleicht war sie damals in den Bach gestürzt. Jonas schreckte aus seinen Gedanken auf, als Jakob plötzlich neben ihm stand. Er hob seinen Instrumentenkoffer auf und ging mit Jakob zum Probenraum über der neuen Feuerwache am Marktplatz.

Frühjahr 1953

Da, Schritte knirschten durch den Sand. »Los, Hinnerk.« Sie stießen sich an und sprangen aus dem Gebüsch hervor. Gleichzeitig schubsten sie ihn auf die Gleise, während mit ohrenbetäubendem Krachen beide Straßenbahnen direkt vor ihnen ineinander fuhren. Auf der anderen Seite wurde der leblose Körper herausgezerrt, in eine Schiebkarre gehievt und war im nächsten Augenblick im dichten Nebel verschwunden. Hans öffnete die Tür und sprang aus der Bahn: »Walter, alles in Ordnung?« Aber der Führerstand war stark beschädigt und Walter nicht zu sehen. Anwohner stürzten aus ihren Häusern. Jemand rief nach der Feuerwehr, andere stöhnten vor Schmerzen oder lamentierten über den Nebel. »Walter braucht einen Arzt!« »Meine Güte, das ist das zweite Mal innerhalb weniger Wochen. Immer an dieser Stelle.« »Vorsicht, Feuerwehr! Machen Sie Platz! Lassen Sie uns durch!«

Sommer 2019

Die Spurensicherung siebte die Erde durch und tütete alle Knochen und kleinen Gegenstände fein säuberlich ein. »Schau mal, ein Knopf. Na, was tippst du? Wie alt ist das hier alles?« »Och, sowas fuffziger Jahre.«

Frühjahr 1953

Sie wuchteten die schwere Schiebkarre über die Wiese zur vorbereiteten Kuhle. Käthe kippte die Karre, um den leblosen Körper herauskollern zu lassen. Während Anna ihn kräftig herausschubste und zufrieden feststellte: »So, du Gierschlund. Allen das Geld aus der Tasche ziehen und glauben, wir hätten das nicht gemerkt. Die Kollekte aus dem Opferstock geklaut, Oma Wisch beim Kauf der Wiesen am See übers Ohr gehauen, den Erbenstreit um die freien Grundstücke ausgenutzt und gelogen, dass sich die Balken biegen. Nicht mit uns. Das bleibt unser Dorf! Hier leben wir und keine reichen Schnösel!«

Sommer 2019

Käthe Braam bugsierte ihren Rollator aus der Menge der Schaulustigen und murmelte: »Hinnerk Brook, der alte Trottel. Verliert immer was. Hat er den Knopf doch dabei verloren. Nun ist der alte Krempel also wieder ans Tageslicht gekommen, aber die Geschichte dahinter wird wohl im Finsteren bleiben.«

Bis 9.30 Uhr war heute vormittag der eingleisige Schienenweg in der Fabriciusstraße in Bramfeld blockiert, weil gegen 7.20 Uhr in Höhe Krügersredder zwei Straßenbahnzüge der Linie 9 im Nebel zusammengestoßen waren. Durch den heftigen Zusammenprall wurde der 47jährige Wagenführer des aus der Stadt kommenden Zuges, Walter K., schwer verletzt. Ein Schaffner des gleichen Zuges und zwei Fahrgäste erlitten leichte Verletzun-

gen. Beide der Sachsc Nach Meinun bahn, die si Klärung des legen will, kommenden Laut Diensto in die Stadt zug die Vorfc Wagenführe seien angev

lal an der gleichen Stelle

en entgleisten, t beträchtlich. mburger Hoch- er gerichtlichen noch nicht fest- aus der Stadt hrer die Schuld. hätte er dem n Straßenbahn- müssen. Beide die Hochbahn, der eingleisi- gen Strecke „auf Schritt" zu fahren. Die Schaffner der Züge hätten dabei die Pflicht, den langsam fahrenden Wagen zu Fuß vorauszugehen. An der gleichen Unglücksstelle hat es übri- gens vor wenigen Monaten schon ein- mal einen Zusammenstoß gegeben. — Weitaus glimpflicher ging es heute früh gegen 8.45 Uhr am Langenfelder Damm ab. Dort entgleiste in Höhe einer Ausgrabung ein Zug der Linie 33. Ein Pendelverkehr wurde eingerichtet.

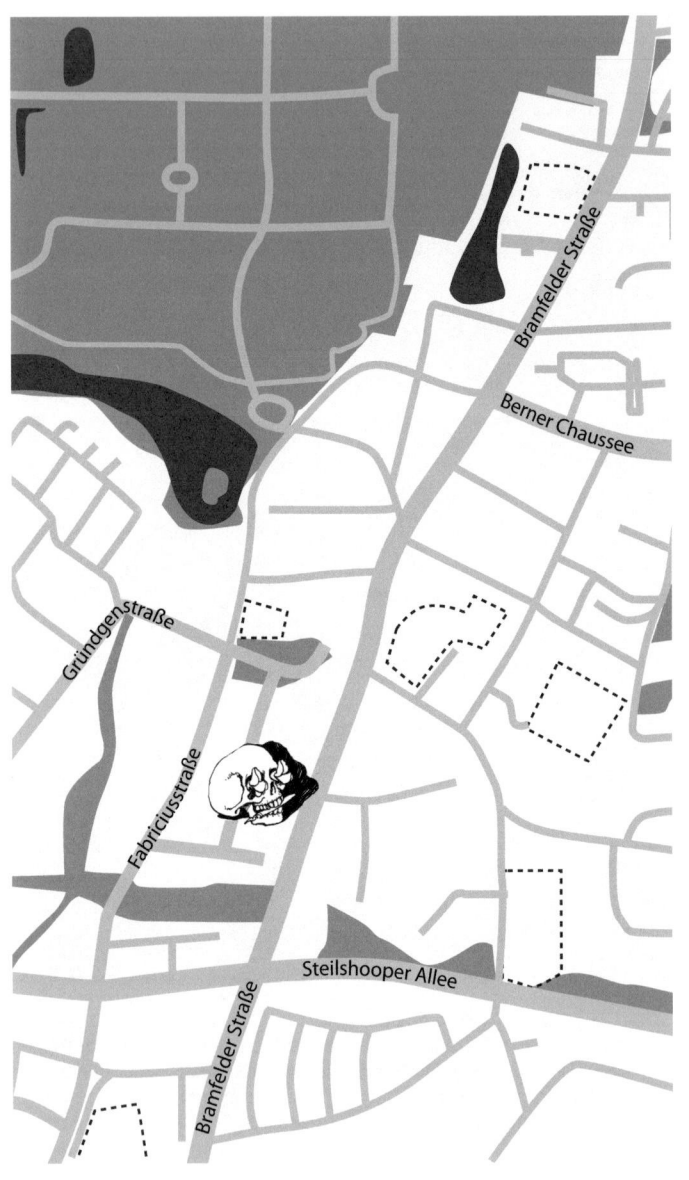

Heiner, mein Heinrich
Monika Rabe

Seine Mutter nannte ihn Heinrich. Das klang so stattlich und gediegen. Dabei wirkte Heiner mit seinen einsvierundachtzig und siebenundsechzig Kilo eher wie ein schmales Hemd. Gemächlich trat er in die Pedalen. Der Feierabendverkehr am Dorfplatz war bereits abgeebbt. Sein dünnes, leicht schütteres Haar wehte im Fahrtwind. Die abgefahrenen Reifen des alten Fahrrades rutschten auf dem roten Pflaster des Fahrradweges immer wieder leicht zur Seite. Ein inneres Frösteln ließ ihn erschauern. Er wusste, dass dieses weder an den schwachen Windböen noch an seinem leichten dunklen Anzug lag.

»Hallo, Herr Martens.« Aufgeschreckt aus seinen Gedanken, bremste er ruckartig. Frau Peschke, Inhaberin des Wollgeschäftes, stand auf der obersten Stufe einer kurzen Leiter. Sie wischte mit dem nassen Ledertuch noch mehrere Male über die Schaufensterscheibe und ließ es dann schwungvoll in den grünen Plastikeimer am Boden fallen. Heiner war von seinem Fahrrad abgestiegen. Er blickte zu ihr hoch. »Sie sind ja immer noch fleißig, Frau Peschke. Ich wünsche Ihnen einen angenehmen Feierabend.« Er kannte ihre betuliche Art, immer zu einem Schwätzchen aufgelegt. Bevor sie noch etwas antworten konnte, hob er die Hand zum Gruß und schwang sich wieder aufs Rad. Ganz plötzlich hatte er es eilig, nach Hause zu kommen. Diesmal fuhr er schneller. Thekla! Schon wenn er an sie dachte, durchströmte ihn ein Gefühl von Lebendigkeit und Wärme. Sein ganzes Leben sollte sich ändern, sie würden heiraten. Und heute wollten sie seine Mutter aufsuchen. Ihr endlich sagen, wozu ihm bisher der Mut gefehlt hatte. Heiner merkte, wie ihn die beschwingte Leichtigkeit verließ. Seine Schultern sanken herab. Unbehagen kroch in ihm hoch, breitete sich dunkel in ihm aus.

Mutter. Neununddreißig Jahre hatte sie nur für ihn gelebt, ihn umsorgt. Von klein auf an bemühte er sich, sie nicht zu enttäuschen. Ein braver Schüler war er gewesen, hatte nur gute Noten heim gebracht. Bankkaufmann wurde er, wie sein früh verstorbener Vater. Bereits zum Filialleiter der Sparkasse am Dorfplatz aufgestiegen, was Mutter Tante Elisabeth gegenüber immer wieder stolz zu erwähnen wusste. Sie sagte dann: »Mein Heinrich, der wird es noch sehr weit bringen, ich weiß das.« Angehalten zur Sparsamkeit, benutzte er ihretwegen noch das alte Fahrrad. Sonntags nach dem Essen holte er den Mercedes aus der Garage und sie fuhren gemütlich Kaffee trinken. Auch die Ferien verbrachten sie zusammen, meistens im Schwarzwald oder im Harz. Nie war es ihm in den Sinn gekommen, etwas anderes zu wollen.

Bis er vor einem halben Jahr Thekla in Bargteheide kennengelernt hatte. Auf einem Seminar seiner Firma. Lange Abendspaziergänge hatten sie unternommen. Sie hatten sich so viel zu sagen. Und nach dieser einen Woche fühlte er sich ihr so nahe, so vertraut. Ihre weiche Haut, ihr Duft. Zum ersten Mal in seinem Leben war er hoffnungslos verliebt. In den folgenden Wochen hatten sie sich so oft wie möglich bei Thekla getroffen. Nach Feierabend und am Wochenende. Seiner Mutter gegenüber hatte er ständig ein schlechtes Gewissen, Überstunden wegen eines neuen Computerprogramms vorgeschoben. Pläne hatten sie geschmiedet, von der Zukunft geträumt. Vielleicht noch Kinder. Für Heiner hatte sich ein Tor zu einer neuen bunten Welt geöffnet. Die grauen Gedanken wurden etwas lichter. Zaghaft versuchte er sich vorzustellen, wie beide Frauen sich mochten, sich gut verstanden. Auf der Veranda am liebevoll gedeckten Tisch gegenüber sitzend, plauschend und in froher Harmonie gemeinsam auf ihn wartend. Er wünschte es sich so sehr.

Inzwischen war er im Mönchskamp angekommen. Heiner schob sein Fahrrad durch den Vorgarten und lehnte es neben den Hauseingang an die rote Backsteinmauer, die immer noch die gespeicherte Wärme des Tages ausstrahlte. Ihm war inzwischen leichter ums Herz geworden. Beschwingt nahm er die drei Stufen bis zur Haustür. Er griff in die Jackentasche und zog seinen Schlüsselbund heraus. Bevor er jedoch den Schlüssel in das Schloss schieben konnte, riss seine Mutter die Haustür auf. Ihre bereits leicht ergrauten Haare, sonst zu einem strengen Knoten gebunden, hatten sich gelöst und fielen in Strähnen bis auf die Schultern hinab. Ihr Gesicht war teigig weiß, die schwarzen Augen weit aufgerissen. Panik stand darin. Die Hände vor den Mund gepresst, stammelte sie keuchend: »Oh, Heinrich, so etwas Schreckliches. Sie ist tot, Heinrich, tot.« Heiners Hände krallten sich in die Schultern seiner Mutter. Er schüttelte sie wild hin und her. »Hör auf«, schrie er, »hör auf. Sag, was passiert ist.« Nur langsam drang in sein Bewusstsein, was sie immer wiederholte: »Wir müssen die Polizei rufen. Sie ist die Kellertreppe hinabgestürzt. Sie wollte doch nur helfen. Den Wein holen.«

Der Leichenwagen war schon vor längerer Zeit abgefahren und auch die Leute der Spurensicherung hatten inzwischen das Haus verlassen. Kommissar Bertram, der letzte der vielen Beamten, murmelte noch leise beim Hinausgehen: »Solche Unfälle passieren leider immer wieder. Sollte allerdings die Obduktion ergeben, dass ...«. Er drehte sich um und zog die Haustür sacht hinter sich ins Schloss.

In der Ferne hörte er die Uhr der Osterkirche Mitternacht schlagen. Heiner stand bleich in der geöffneten Tür zum Wohnzimmer. Lähmende Müdigkeit hatte ihn befallen, durchdrang jede einzelne Faser seines Körpers. Bleierne Stille hing im Raum. Seine Mutter saß zusammengesunken in ihrem Schaukelstuhl am Fenster, die grüne Strickjacke eng um sich geschlungen. »Ach Heinrich, Junge«, flüsterte sie, »wir haben ja noch uns.« Kaum wahrnehmbar huschte ein listiges Lächeln über ihr Gesicht. Heiner starrte seine Mutter an. Es war ihm, als hätte er diese Frau noch nie gesehen. Eine Fremde. Er drehte sich um und ging mit schleppenden Schritten in die angrenzende Küche. »Heinrich, schneid uns doch den Braten auf«, hörte er sie rufen. Wie abwesend zog er die Schublade auf. Seine Hand umschloss den grauen Griff des Bratenmessers. Diese fremde Frau nebenan. »Ja, Mutter, ja«, rief er, »ich komme.«

Ein dickes Dankeschön ...

... geht an die Jurymitglieder Britta Burmeister, Enno Tiaden, Markus Wiegandt und besonders Gunter Gerlach, der das gesamte Projekt mit Beratung, Lektorat und Lesung unterstützt hat, an Regula Venske, die am Anfang beratend dabei war, an die Elisabeth Kleber Stiftung, welche die Pokale finanziert hat, insbesondere an Hans-Jürgen Belgart, der das Projekt mit guten Hinweisen und Kontakten bereichert hat, an Michael Friederici, der wesentlich zum Gelingen der Preisverleihung beigetragen hat, an Sabine Vesper, die den Krimi-Schreibworkshop geleitet hat, an Barbara Schubert für die Gestaltung und an Oliver Regener für die Illustration aller entstandenen Druckerzeugnisse und dieses Buches, an Corinna Luerweg für das professionelle Lektorat in letzter Minute, an Sabine Bechtold vom Café Sommerliebe für die Nervennahrung, an Uwe Schmidt und das Brakula-Team für die Unterstützung in allen Bereichen und natürlich danken wir allen Teilnehmern des Wettbewerbes. Wir haben uns über jeden Beitrag sehr gefreut.